緋彈的亞莉亞 IX

Aria the Scarlet Ammo

蒼藍閃光

赤松中學

Contents

赤松中學

緋彈的亞莉亞 IX

Aria the Scarlet Ammo

蒼藍閃光

1彈　紫電魔女

「——華生！」

我任隨頭髮被颳起的熱風吹亂，在肆虐的電擊聲中大叫。

感覺到放電的光芒消逝後，我揉一揉暈眩的眼睛……

「……呃……」

被迎空襲來的**球狀雷電**擊中的華生，已經倒在第一觀景臺的地板上了。

我趕緊上前一看，發現他把穿在身上的黑色防彈外套像毛毯一樣披在身上，還用外套上的頭套蓋住自己的頭部，看起來就像是一隻躲進殼裡的烏龜一樣。

「沒事吧……華生！」

「……看、來……也不算、沒事啊。自從跟那個魔女接觸之後……我就已經準備好經過耐電化處理的裝備了，可是……抱、抱歉了，遠山……我暫時要……先、先倒下了……」

華生斷斷續續說完後，就一動也不動了。

怎麼會變成這樣？

我尾隨將亞莉亞擄走的華生，來到這座天空樹上——隨後與華生纏鬥了近二十三分鐘。

不愧是自稱超一流的諜報員，他……不、「她」的戰鬥能力非常強。就算我處於能力比爆發模式還要高1.7倍的狂怒爆發狀態下，也還是陷入了苦戰。

而如此厲害的華生——

居然只因為區區一擊、短短五秒的時間就被擊昏了。

連看都沒看過的、直徑將近兩公尺的球狀雷電——我只能如此形容——從上空飛來，擊中了華生。

從這個現象看來，對手應該就是希爾達沒有錯。

因為那個隸屬「眷屬」陣營的蝙蝠女，在半個月前襲擊我們的時候也是使用高壓電流做為攻擊手段的。

可是，剛才的那一招，明顯比起當時使用的招式還要強力得多——

（如果同樣的招式再打一發過來的話……）

那就糟糕了！

希爾達應該是在第二觀景臺上，而我們現在所處位置從上方是一覽無遺的。

畢竟這個第一觀景臺因為還在工程中，所以除了鋼筋之外，上方沒有任何可以做為掩蔽物的天花板。

（現在必須要先讓華生躲到樓下才行……！）

我抱起已經昏厥的華生，準備逃離現場。

但是，升降梯不知道是不是因為停電的關係……不管我怎麼按按鈕就是沒有反應。

我在無可奈何下只好利用工程用樓梯往下衝，接著在半途上看到了一扇門——用腳踹開。

門扉後方是一間小房間，裡面雜亂地配置了許多水管。

——雖然很狹窄，不過待在這裡應該就安全了吧。

我抱著華生進到小房間中，單腳跪下後，打開手機想要充當手電筒。

「……嗯？」

手機的畫面變得很奇怪。

上面白底黑字表示著「Error code 961　發生電波障礙」的文字。

就算按下通話鈕，也只是跳出『請稍後』的視窗，沒辦法通話。郵件也沒辦法收寄。

「喂，華生，妳撐住啊。」

至少手機畫面可以發出亮光，於是我拿起手機照著坐在牆角的華生，搖動她的身體——總算讓華生醒了過來，雖然她意識還是很朦朧。

「……遠山……這、裡是……？」

「放心吧，這裡是第一觀景臺的下方，四面八方都有水泥牆包圍。」

「謝、謝了……不過現在重要的是，去救亞莉亞……亞莉亞在第二觀景臺，希爾達也在那裡……是我把亞莉亞帶過來的，我有、責任……所以說，拜託你。你跟我一樣是關心亞莉亞的人……所以拜託了……！救救、亞莉亞吧……！」

「——這就用不著妳擔心了，我打從一開始就是打算要來把她帶回去的。現在只不過是對手從妳變成希爾達而已。」

華生聽完我的話之後，露出安心的眼神——

用顫抖的手將自己的西洋劍遞出來。

「這、這把十字箔劍就、交給、你了……拿去用吧。你之前也看過吧？希爾達……很不喜歡、這東西……」

華生看起來連說話都很痛苦，而我則是皺起了眉頭。

這把劍……我可是**第一次看到喔**？

雖然感覺好像之前在哪裡有看過，可是記憶卻朦朦朧朧的，沒辦法回想起來。

「這、樣啊，你不記得這把劍。希爾達那傢伙……遠山，你還記得、在外堀大道時的那場戰鬥嗎？」

「啊啊，就是妳前來相救，把希爾達擊退的那次。我記得。」

「……原來如此，為了不要立刻被揭穿——所以故意做得不徹底的吧。遠山，你把這拿去就是了。對付希爾達，普通的武器沒有用。」

「喔、喔喔，我知道了。」

確實——希爾達是弗拉德的女兒，是個同樣擁有無限回復能力的怪物。

雖然我不太喜歡這種怪力亂神系的武器，不過現在也不是可以讓我挑三揀四的狀況。

我把銀劍接過來，順便也要華生把她藏起來的薩克遜劍還給我。

十字箔劍的劍身很長，讓劍柄從外套的下襬露出了一小截……不過多虧了我穿在衣服裡面的矽膠夾板，所以並不會掉下來。

我接收了這兩把劍之後，華生又遞給我一個氣壓式的小型注射器。

「這是NEBULA……中樞神經刺激劑。平常狀態下施打可以提升集中力，意識朦朧時也可以當作比RAZZO還要強力的甦醒劑。這裡面還有一次的劑量。」

「妳不用在自己身上嗎？我可是不太會吸收藥物效果的體質喔？就連妳剛才刺在我身上的麻醉藥，現在都已經退掉了。」

「至少……可以加減用一下吧。」

華生搖搖頭後，像是要看穿天花板一樣抬頭凝視上方。

「希爾達她……被稱作『紫電魔女』。她能夠使用電的力量，而那是從裸臀魚……

一種可以發電的魚類中吸血獲得ＤＮＡ之後，利用勞倫茲尼細胞——生物的一種發電器官所產生的生理能力。棘手的是，那傢伙還擁有超能力……」

簡單講，就是怪物與超能力者的混合體就是了。

那還真的是很棘手。

「她的魔女性——也就是能力，是使用電力操縱基本粒子。講得簡單一點，就是可以將周圍的物質傳換為粒子，然後隨意集中或排除那些粒子。雖然那不但要耗費大量精神力（ＡＴＰ），作用範圍狹窄，效率也很差……但是可以像剛才一樣配合發電能力製造帶電粒子形成的『雷球』……也可以將自己腳下的地面分解，讓自己可以變成像影子一樣移動。」

詳細的解釋我是聽不太懂啦……

不過聽起來，希爾達之所以可以變成影子然後到處移動，實際上並不是真的變成影子，而是將腳下的地板溶解成像泥漿一樣的狀態就是了。照我自己的解釋應該是這樣。

「希爾達是個腦筋很好的女人，她不會單純依靠這些力量，還會使用暗示術——一種古流的催眠術。可以讓別人遵照她的指示行動，或是讓對方忘記某些事情，而且她似乎用得非常順手。你之所以會對外堀大道那場戰鬥的記憶感到模糊，也是因為這個原因。」

「吸血鬼、超能力，加上催眠術啊，還真是棘手的三暗刻。總不會再給我加一臺吧？」

為了不要讓自己感到退縮，我脫口說出夏天時被理子逼去玩麻將而記住的用語，勉強讓自己露出苦笑。

大概是察覺到我的感受，華生筆直地看著我的眼睛。

「遠山，希爾達確實是個強敵，所以我才會想要帶著亞莉亞一起加入『眷屬』。我想你應該已經知道了——我從很早之前就已經跟希爾達有接觸。在外堀大道的那場戰鬥，也是我為了要讓亞莉亞信任我，所以跟希爾達演出的一場鬧劇……不過，我交給你的十字箔劍跟法化銀彈真的是她所害怕的物質。所以說，我將這兩樣都交給你了。既然，你宣言說要跟『眷屬』戰鬥的話——」

「我說的時候，還沒聽說過剛才這些話啊。不過，妳放心吧，我當然沒有打算就此退縮。如果亞莉亞就這樣被擄走的話，我身為巴斯克維爾小隊隊長的學分就會被扣掉啊。」

面對又再次開著玩笑的我……華生「嗯……！」地嘗試著想要站起身子。但是雖然雙腳用足了力氣，卻還是沒辦法把身體撐起來。

「遠山……我也、要、參加戰鬥……！」

「妳已經不用再繼續拚命啦，而且妳根本就站不起來吧？可愛的女孩子，不要勉強自己啊。」

爆發模式下的我若無其事地說出『可愛』這個詞——

讓華生「唰！」一聲，滿臉驚訝地當場一屁股坐下。

「啊……你說……可愛……！」

怎麼……好像嘴巴重複著我講的一部分單字，還用驚恐的眼神看著我呢。

有那麼值得驚訝嗎？

喔喔。

因為華生至今為止都是扮演男生的身分，所以從來沒有以女孩子的身分被任何人說過那種話啊。她會驚訝也是應該的。

而且，從剛才的對話中我可以知道——

我雖然是在狂怒爆發的狀態下來到這裡的，不過剛才抱起華生的時候，似乎也發動了基本爆發模式的樣子。現在是處於這兩種模式互相交錯的狀態。

……先來硬的（狂怒），然後抱起對方再來溫柔的（基本）啊。

爆發模式的系統還真是有夠惡毒。

「——妳還知道什麼其他關於希爾達的事情嗎？」

大概是因為基本模式的關係，我變得更加擔心亞莉亞——

於是準備轉守為攻，揹著銀劍站起身體。

「如果你一個人去的話……可是會變成一打二喔，遠山。」

「一打二？」

「她似乎還有其他協助者的樣子。不過我還沒有完全取得希爾達的信任，因此她還沒讓我見過面……今晚，那個人似乎也在樓上準備著什麼東西。」

「還有一個敵人啊。真是棘手的役滿。」（註1）

看到忍不住嘆氣的我，華生她……

「加油吧，遠山，還是有獲勝的可能性。我們自由石匠一直以來都是在對付那樣的敵人，而且也打敗過對方。」

看來她是打算至少在言語上也要為我打氣的樣子。這個堅強的孩子。

「……哎呀，我也是一樣啊。」

謝啦，華生。

這樣就已經足夠了。

我現在是處於爆發模式。既然有女性為我打氣，那麼我當然要勇於挑戰了，不管對方是怎樣的強敵。

不，就算不是爆發模式——我想應該所有的男性都會這麼做吧。

註1　「役滿」在日本十三張麻將中是指比較難以湊成的牌型，四暗刻、大三元、國士無雙等都屬於役滿牌型。

我盡可能不發出腳步聲，回到第一觀景臺上……

看到剛才部分停電的街上，已經恢復了原來燈火通明的樣子。

從這一點就可以知道，希爾達似乎是從街上偷電力來製造剛才那顆雷球的樣子。

還真是個擾亂住家安寧的女人。

（不過……她沒再打過來了呢。）

我雖然警戒著100m上方、幾乎快要碰到雲層的第二觀景臺，可是那裡卻一點亮光都沒有。

不，有光是有光，不過那只是照明程度的模糊光線。

（畢竟是那麼強大的招式……應該也是需要時間才能再度使用吧？還是說，她是打算把我引誘過去之後再跟我打嗎？）

無論如何，不入虎穴焉得虎子。

因為升降機也恢復功能了，於是我準備搭乘上升用的升降機……

卻聽到升降機入口附近裝設的監視攝影機微微轉動角度的聲音。

「……」

因為天空樹中裝設了數臺監視器，所以我一直都盡可能走在死角上……不過這一臺跟其他的業務用監視器機種不同，是廣角攝影機。

多虧爆發模式而讓我看清楚了，那上面完全沒有灰塵沾附。

看來應該是在這兩天才裝上去的。

希爾達，原來妳打從一開始就在隔山觀虎鬥，看著我跟華生之間的對戰啊？

——觀賞費用可是很貴的喔。

（在高塔中每上升一層就有一個敵人，簡直就像是以前的電玩遊戲一樣啊。）

我一邊想著這樣的事情，一邊不斷轉換搭乘工程升降機上升。

為了不要讓飛機衝撞高塔而裝設的警示燈所發出的亮光，隔著鐵網照射進來，在我的臉上映出格子狀的影子。

腳下的景色看起來就像是人工衛星拍攝的照片一樣。

「……」

升降機不斷上升來到最高處，柱子上有麥克筆寫著『435m』的字。接著就只有鐵管與鐵板組合而成的簡易樓梯往上延伸而已了。

我環顧四周，粗糙的構造一看就知道這裡還在建築中。

不但鋼筋裸露，安全護網也只是用鐵網跟繩索隨便做成的東西。

在強風吹襲下，甚至會有整座塔在搖晃的錯覺。不，應該真的在搖晃吧，到處都傳來建材互相摩擦所發出的「軋、軋」聲。

我聽到除了軋軋聲以外的聲音而抬頭一看——

「……唔……！」

天花板上到處都停著蝙蝠。

看來這個地方到了晚上就會變成蝙蝠巢穴的樣子。

數量大概有五十隻左右吧。雖然每一隻都很小，但是看到那麼大量的蝙蝠上下顛倒地倒掛在天花板上，還是會讓人感到毛骨悚然。

我看著那群蝙蝠，接著踏上寫著『通往450m』的樓梯。這時——

「——金次。」

從我的頭上，傳來了一聲**娃娃聲**。

「……嗚！」

抬頭一看，在鋼筋的後方——

「亞莉亞……！」

看到了亞莉亞的身影。

她就站在滿是小洞的鐵板所做成的樓梯轉角上，任由粉紅色的雙馬尾隨風飄動。

太好了，她沒事啊。

「妳還好吧？妳應該被華生灌藥了才對——」

「我沒事。雖然來到這裡之前都睡著……所以完全搞不清楚狀況。我才要問你有沒有事呢，既然你能來到這裡……就表示你應該打過一場戰鬥了吧？」

我奔上階梯的聲音與亞莉亞走下來的腳步聲「鏘、鏘、鏘」地交錯著。

「我想說會走上來的應該不是你就是華生……不過，這樣呀，華生輸掉了對吧？華生他……不，這也是沒辦法的事情。畢竟他跟希爾達之間的交易失敗了。這件事情你應該已經聽說了吧？」

看向我的亞莉亞，露出比我知道更多內情的表情。

應該是從希爾達的口中——或者是那個所謂協助者的口中——聽說了事情的來龍去脈吧。

「……是啊，我稍微聽說了。」

「這樣呀。」

亞莉亞眨了一下眼睛後，抓住我的袖子，把我拉了上去。

「過來吧，我們去跟希爾達談判。」

「什麼談判？我跟妳可是把希爾達的父親……雖然沒有殺掉，但是對她來說也算是仇人吧？對方怎麼可能接受談判啊？」

「她會接受的，因為希爾達比弗拉德還要懂得精打細算。對於打敗了夏洛克・福爾摩斯——打敗了曾爺爺的金次，她多少有些警戒呀。」

「……還真是被高估了啊。」

「金次，武偵能利用的手段並不是只有戰鬥而已。如果有辦法跟她進行交涉的話，就算沒辦法讓她轉投『師團』……或許至少可以讓希爾達跟巴斯克維爾小隊之間訂定互不侵犯協定也不一定。」

亞莉亞一邊說著，一邊拉著我的手走上樓梯。

雖然只是從裙襬邊緣用所謂「露底槍」的程度稍微看到——不過亞莉亞的兩把Government似乎都帶在身上，日本刀也都掛在背後。

明明她來到這裡的時候還在昏睡狀態，可是希爾達卻沒有解除她的武裝嗎？

如果是這樣——那麼希爾達或許真的是可以溝通的對象。

「……嗯？」

仔細一看，亞莉亞她……

戴著耳環啊。

只有一邊的耳朵上，戴著一副滿是尖刺的黑色耳環。

總覺得好像似曾相識……是在哪裡看過呢？

哎呀，如果那是亞莉亞的興趣，那我也不想多說什麼了。雖然那造型算不上高尚。

怎麼說呢，總覺得那形狀，看起來像是**蝙蝠**一樣。

還真是個討厭的設計，會讓人聯想到希爾達的翅膀。

氣溫這種東西，只要每上升一百公尺就會下降零點六度。而且現在還是夜晚時分。

光是在地面上就已經因為秋風而有些涼意了，在這個露天的450m高空——第二觀景臺上，簡直就像冬天的高山上一樣寒冷。

天空樹目前只建設到這一層為止，所以頭頂上是一片廣闊天空。

站在樓梯盡頭的終點抬頭往上看，夜空中看不到一點星光。

取而代之的是低垂的雲層，在強風吹拂下就像是快轉影像般不斷流動。

因為四周都看不到建築物的關係，甚至會給人一種身處雲中的錯覺。

「……」

我與亞莉亞兩個人環顧著比剛才的第一觀景臺還要狹窄的第二觀景臺——工程器材都被收拾到邊緣，中間露出一圈圓形的水泥地板。

不怎麼明亮的照明設備隨處擺放，不規則地照射著地面。

沒有看到希爾達的身影。

不過在靠北邊的角落，看到了一個像祭壇一樣的東西。

不……那不是祭壇。

那是一具棺材……雖然比平常會看到的還要巨大得多。

漆黑的棺材四周，用鮮豔的大紅色薔薇裝飾著。

那些大朵的薔薇——是以前弗拉德命名為『亞莉亞』的新品種薔薇。

大量的薔薇圍繞著棺材，幾乎像是要把棺材淹沒了一樣。

周圍還纏繞著藤蔓類的植物，一直延伸到我們的腳邊附近。似乎是拿來當作襯托用的滿天星。

「希爾達……居然還準備了這種東西。意思是根據談判結果，甚至會要我們進到裡面去的意思嗎？」

我隨著亞莉亞的視線望過去，看到我們的身旁擺放著大小兩具桃花心木製成的棺材──

Kinji Tohyama（金次・遠山）

Aria Holmes Kanzaki（亞莉亞・福爾摩斯・神崎）

各自的棺蓋上分別鑲有金雕的名牌。

不知道是不是為了方便搬運到這裡來的關係，兩具棺材上還接著像粗電線一樣的繩子。

「……就暫時收下吧，畢竟人早晚要躺進去的。」

雖然感到有些毛骨悚然，不過我還是踢了一下那具棺材。

接著，一陣「唧唧」聲響起──

蝙蝠群飛過我們的視野前方……

「──『棺木』是人生最後的住家。縱使大小只有數平方公尺，不過卻也是他人不得侵入的個人領域。要知道，那是高貴的吸血鬼賜給你們的無上禮物。」

轟轟……轟轟轟……

從北邊的豪華黑棺木中，出現了一把裝飾著荷葉邊的洋傘。**可是棺蓋根本沒有打開**。

（希爾達……！）

轉轉。轉轉轉。

希爾達一邊玩弄似地旋轉著陽傘——

一邊浮現在棺材的邊緣，蹺起腳坐在上面。

照明光從斜下方照射著她的臉龐。

（雖然是敵人——不過也是個美人啊。）

雖然第一次見面的時候就已經如此覺得了，不過處於爆發模式下的現在更能理解到這件事情。

宛如蠟像工藝般白皙的肌膚、發出妖豔光芒的細長紅眼、紅色的口紅點綴的嘴唇、髮尖部分呈現捲曲的金色雙馬尾，以及漂亮堅挺的鼻頭……

那樣的美人身上穿著漆黑為主色的哥德蘿莉服，讓人有一種頹廢而充滿魔性的感覺——希爾達確實是身為魔物，所以完全沒有不協調的感覺。

堆疊了好幾層的荷葉邊、不是機械紡織而是手工製成的蕾絲、上面裝飾著用黑色絹絲做成的蝴蝶結。希爾達一副理所當然地穿著那一身黑的洋裝——

「呵呵，看到入迷了呢。」

大概是察覺到我的視線了，她挑逗似地蹺起另一隻腳。

用大量的蓬蓬裙撐起來的迷你裙底下、大腿上的吊帶襪旁邊，彷彿是白色刺青般的眼睛圖樣……像是在對我送秋波般露出了一下。

雙腳在蜘蛛網格的網襪包覆下呈現出一種曲線美，下面連接著反射出黑色光澤的亮面細跟鞋，充滿嗜虐的感覺──

「不過，這也是沒辦法的事情。畢竟，我是如此地美呀。」

面對希爾達的樣子，我與其說是看得入迷──應該說是完全被吞沒了。

我因為是在爆發模式下與她對峙，這才明白了她的「程度」。

「……嗚……！」

她釋放出那種讓人感到不可侵犯的魄力。

簡直就是──女性版的魔王。

就連那具棺材也是，被希爾達如此一坐，就給人一種彷彿變成王座的錯覺。

「如果你們人類是無名雜草──那麼我們吸血鬼就是飽受呵護的溫室薔薇。從上天給予的造型上就已經是天壤之別了。你就好好看個清楚吧，像是遙望星空的狗一樣，看著你遙不可及的高等品種──而且還是身為異性的我吧。就看到痴狂，然後乞求吧。既然只能被允許觀賞，那就看得徹底吧。看著我、看著我、目不轉睛地……」

希爾達將塗著紅色指甲油的手指放在嘴邊，「嘻嘻嘻」地竊笑著——

——嗯？……這是怎麼回事？

總覺得我好像就如她所說的一樣，變得無法把視線移開了。

「對，就是那樣呀，遠山。就那樣，像一座長滿青苔的墓碑一樣乖乖站好。對……沒錯，乖乖聽我的話，好孩子。齁齁齁！」

……啊！

被擺了一道……！

這是——暗示術，就是華生對我說過的一種催眠術啊。

居然一見面就被她下手了。

身體……動彈不得……！

「對不起喔，金次。」

亞莉亞用娃娃音說著……然後從自己的棺木後方拉出了一條鐵鍊。

從地板上的洞裡拉出來的鐵鍊發出聲響，朝我伸過來。

「……嗯？」

剛才亞莉亞蹲下來時——我看到她大腿槍套中收納的 Government。

那傾斜的方式，看在爆發模式下的眼睛裡，有一種不對勁的感覺。

（重心的位置……跟平常有些微的不同……？）

——就像是裡面沒有裝子彈一樣——

就在我察覺這一點的瞬間，喀嚓、喀嚓。

亞莉亞迅速地用鐵鍊綁住我的脖子，還用黃銅製成的鎖扣了起來。

（——亞莉亞？）

動彈不得而束手無策的我，在視線中看到……

「齁齁齁……！」

希爾達的微捲雙馬尾「啪唧！啪唧！」地微微放著電！

而她的手上還拿著一條鞭子，表面包覆著小塊的金屬，像是蛇的鱗片一樣——

「嗯……！」

希爾達吸了一口氣後，

——啪唧唧唧！

發出了電流的聲音——

「……嗚！」

接著，我的身體就倒在刻有自己名字的棺木旁邊了。

是觸電。電流從希爾達手中的鞭子——恐怕是通過地板下的通路——傳達到了我脖子上的鐵鍊。

「齁——齁齁齁齁！事情居然完全一如預期，順利到甚至會讓人感到掃興呢！」

希爾達將手放在嘴邊，發出像超音波一般的尖銳笑聲。

「……嗚！」

而重蹈外堀大道時覆轍的我，只能緊緊咬著牙根——

用眼神往上看著亞莉亞，表達著「……為什麼！」的譴責。

可是，亞莉亞卻只是無言地俯視我。

「美麗的薔薇都是充滿棘刺的呀……我聽說遠山對付美女時都很弱，看來真的是那樣呢。」

希爾達讓鞭子放開鐵鍊，「啪！」地發出聲響——

然後在棺材上站起身子，還用細跟鞋「喀！」地用力踏了一下。

「——我並不想跟華生對打。所以說，遠山，我才設局讓你跟華生打了一場。因為你雖然平常是個愚蠢的東西，但是死到臨頭的時候就會變得特別強——結果一如我的預期，你成功幫我把那個持有法化武裝的華生給解決掉了呀。」

華生直到與我對戰前都不斷欺騙著我——

而希爾達更進一步欺騙著華生啊。簡直就是黑吃黑了。

這些傢伙的「戰役」之中……也存在著這樣的戰鬥方式嗎……！

「這座塔的名字叫做『Sky Tree（天空樹）』，而你就像是趴在上面爬上這棵樹的蟑螂一樣呀。齁齁齁齁齁……遠山，你就繼續趴著吧，而我——要用飛的——」

——啪唰——

希爾達張開了那雙像蝙蝠一樣的翅膀，左右各有一公尺長。

我就像是照著她所說的一樣趴在地上，而她那不像人形的影子覆蓋到我的身上。

啪唰！啪唰——

希爾達拍了幾下翅膀，讓她的腳下形成一股下沉氣流。

周圍的薔薇被那陣風吹散，露出藏在底下的……

「……亞莉亞……！」

另一個亞莉亞就倒在那裡。

被薔薇藏在下面的亞莉亞全身連同雙馬尾一起被鐵鍊綑綁著，嘴巴還被一塊布摀住。

希爾達靈巧地揮動鞭子纏住亞莉亞的腳踝後——

颼！

用翅膀維持平衡，揮動鞭子把亞莉亞甩了出去。

「！」

亞莉亞被拋了將近十公尺遠，「碰！」一聲撞到刻有自己名字的棺材上，眼冒金星。

「……嗯？」

仔細一看，亞莉亞身上穿著改造成甜美蘿莉風格的武偵高中制服。

這套輕飄飄的衣服是——

「我說過——希爾達一直警戒著金次，那是真的。」

另一名亞莉亞低頭看向倒在地上的亞莉亞，小聲呢喃。

然後，站著的亞莉亞把手放到自己的下顎，將臉上像薄膜一樣的特殊偽裝給撕了下來。

從偽裝面具底下出現的臉是……

「所以我稍微期待了一下事情會有不同的展開，可是……你遇錯對手了呢，欽欽。」

——理子！

「理子……為什麼、妳會、在這裡……？」

「……」

理子似乎是跟亞莉亞交換穿了制服。她默不吭聲地將角膜變色片摘下來後丟到一旁。

「——做得好，**理子**。」

拿著鞭子站在她背後的希爾達，並沒有像之前一樣用『4世』稱呼理子。

「理子，妳擁有我所沒有的技術跟能力，而我對這一點給予很高的評價呢。所以我並不會只把妳當成獲取基因的存在，而是做為德古拉家正式的一員——把隨我之後的第二席次給妳喔。」

語畢，她從棺材上跳下來，「喀、喀」地踏響細跟鞋往我們走近。

「……」

而理子則是露出複雜的表情看向希爾達。

她也被暗示術操弄了嗎……？

不，感覺不像是那樣。理子還保有自己的意志。

那麼，又是為什麼……為什麼要服從於這種傢伙啊，理子……！

「而且……妳非常惹人憐愛呢。妳從以前就對我抱著憎恨，可是卻又對我抱著一種憧憬吧？那份隱藏不住的態度互相穿雜在一起，刺激著我的心呀。」

走到我們身邊的希爾達用她白皙的手指撫摸理子的臉頰。

彷彿是在欣賞自己中意的洋娃娃一樣。

「對不起呀，理子。以前因為是在父親大人的面前，所以我只能把妳像狗一樣地對待……可是，那並不是我的真心呀。」

塗了紅色指甲油的手指輕輕撫摸著理子的頭，而理子只是任憑希爾達擺布。

不斷地、不斷地……溫柔地撫摸著。

「妳似乎與遠山之間發生過不少事情，不過，妳就全忘了吧。男人這種東西太無趣了。而且就算我現在不殺遠山，他也終究命中注定要死於『眷屬』的手中。所以說，妳並沒有任何罪惡呀。」

理子這時微微地看向我的方向，但是希爾達卻將她的臉一把抱進自己的懷中。

「不要再回首過去的事情了。妳應該知道，這副耳環——」

希爾達的白皙指頭觸碰著戴在理子單邊耳朵上的蝙蝠型耳環。

「——就是成為德古拉家正式臣下的證明。如果妳嘗試摘下、將耳朵割斷、或是我稍微動個念，它就會爆開，讓封在裡面的毒蛇腺液進到妳的傷口——妳過了十分鐘就會死亡呢。這是當背叛者再度回歸老巢時，規定要戴上以洗清自己罪孽的東西呀。」

……嗚……

希爾達——妳這個魔女……！

「妳讓理子戴上那個東西……好讓她受妳的操弄嗎……！」

我動著稍微恢復控制的手臂，想要撐起上半身，可是……

不行啊，就算是處於爆發模式下的力氣也沒辦法撐起身體。

「欽欽。」

理子輕輕離開希爾達的懷中，對我說道。

「理子也是——思考過很多事情呀，自從戴上了這副耳環後。」

思考……？

「理子原本就是屬於怪盜一族的成員，跟欽欽你們不一樣，而應該是生活於黑暗之中的人……也就是弗拉德或希爾達他們的同夥。可是我卻在不知不覺之間，站到欽欽與亞莉亞你們的世界去了。理子已經迷失自我了呀。」

理子站在我與希爾達的中間，低著頭看向我。

「希爾達生為黑暗眷屬，與生俱來就是一個惡女。可是……她一路走來都貫徹著自我。明明弗拉德已經被捕，而自己成為最後的一名吸血鬼了……可是就算沒有任何人的庇護，她也依然堅持著自己的戰鬥。她比理子還要理解自己究竟是怎麼樣的存在。」

理子……

「而且，希爾達對自己的同伴都秉持著貴族的精神在對待。製作變裝食堂衣服的那天晚上……其實理子是去跟希爾達見面交涉的。」

這麼說來，那天晚上……

理子做完自己的衣服後，就被某個人叫出教室了。

那時候——就已經跟希爾達進行接觸了嗎？

「那時候雖然最終談判破裂——可是理子感到很驚訝。因為希爾達的態度非常有禮貌，還跟理子說理子可以提出加入『眷屬』時的條件。而在外堀大道的戰鬥之後，理子又再一次跟希爾達見面對談了。當時因為已經戴上了這副耳環，所以理子只能順從她。可是……理子跟她說，『如果要聯手的話，就不要再叫我4世』。而從那之後——希爾達就再也沒有用『4世』稱呼過理子了。」

在對我訴說的理子背後，希爾達一臉滿足地瞇起了眼睛。

然後輕撫著理子的頭，準備開口說話時——

——咕嗯咕嗯！

從我的旁邊，傳來模糊的**娃娃聲**。

「……亞莉亞……？」

我奮力將還在麻痺的脖子轉過去——

看到亞莉亞用她那像是貓一樣的犬齒用力撕咬著摀住自己嘴巴的那塊布，並且把它給咬斷了。

「——呼啊！」

她深呼吸一口，看來華生灌的安眠藥已經藥效退去。

接著用清楚而布滿細長睫毛的眼睛向上看著理子。

「——我全都聽到了。理子，我……我不會責備妳的，因為不管是誰都會在乎自己的性命。」

亞莉亞躲在我的背後，嘴巴上說著那番似乎很懂世事的話語。

「可是理子，我要以身為貴族的身分告訴妳，希爾達表現出來的貴族精神都只是表面上的東西。她似乎對妳說了不少甜言蜜語，可是那只是為了讓妳聽話所以在餵妳糖吃罷了。她根本就沒有把妳放在眼裡，而是把妳當小孩子在對待呀！」

希爾達的眼神似乎變得銳利起來……就好像是被人戳破真相一樣。

「亞莉亞，妳不要做多餘的挑釁啊。我們這邊可是名副其實的手足無措呢。」

「既然沒有人要說破這一點的話，就讓我告訴妳。希爾達只是利用那副殺人耳環把妳變成她的**奴隸**而已啦！」

面對激動的亞莉亞，希爾達她——

「區區一名人類……居然敢對身為高等種族的吸血鬼如此無禮……」

不出所料……她火大了。

「妳這吸血鬼根本就一點都不高等！我告訴妳——英國早在一八三三年就已經成立奴隸制度廢除法了。妳的觀念根本就已經晚了時代整整一百五十年！人類老早就已經脫離奴隸制度了呀！」

那個，亞莉亞大人啊。

您打從跟我初次見面的那一天起，就一直把我當成自己的奴隸來對待的不是嗎？

「——還有，理子！」

亞莉亞對理子露出連吸血鬼都會感到汗顏的犬齒。

全身依然被綑綁住的她，在我的背後「啪踏啪踏」地用力彈跳著，大鬧起來。

「我是因為有媽媽的審判，所以才跟妳產生利害關係的。就算妳在其他的事情上背叛我，我也一點都不會覺得妳不講道理。可是，金次的事情妳要怎麼說！金次跟妳之間明明就沒有互相虧欠過什麼值得要賣命償還的事情，可是金次卻拯救過妳好幾次的性命。妳應該要信任的是金次！而不是希爾達呀！」

啪踏啪踏啪踏！

被五花大綁的亞莉亞像是被撈上岸的魚一樣不停彈跳著。

「既然妳不信任金次，還設計陷害他的話——我身為金次的搭檔，可是有義務要跟妳一戰了喔！妳給我記住！」

啪踏啪踏！啪踏啪踏啪踏！

亞莉亞像魚一般彈跳著——

唰……唰唰……！

（這、這傢伙……！）

好像漸漸脫離鐵鍊了呢。

對了，我想起來了。

就跟九月時我們在新幹線上被昭昭綁在一起的時候一樣，亞莉亞只要是連同她的雙馬尾一起被綑綁住，是都能夠脫逃出來的。

——就跟被反握的狗尾草可以從人的手中拔出來是一樣的原理。

我察覺到這一點後，用自己的身體掩護著亞莉亞的動作不讓希爾達看到。

「我要狠狠教訓妳，理子。還有站在那邊的希爾達，兩個人一起！」

唰啦！

亞莉亞從鐵鍊中掙脫出來後，立刻從我背後拔出華生的十字箔劍。

「──唔！」

希爾達見狀，想要從腰上取下鞭子。

可是，她來不及反擊了。

「喝！」

身上穿著理子版改造制服的亞莉亞飄動著背上的蝴蝶結，飛越我的身體。

就在她揮起握在小手上的十字箔劍，如流星般將它突刺出去時──

──啪唰！

希爾達拍動翅膀配合腳步的動作，往後方跳開了一大段距離。

那個不管是被刺傷還是被割傷，都應該擁有瞬間回復能力的希爾達，居然**避開了**亞莉亞的攻擊。

「妳果然很害怕這個呢！」

穿著輕飄飄制服的亞莉亞重新架起手上的西洋劍。而希爾達則是立刻揮動鞭子纏住亞莉亞的劍。

於是，亞莉亞與希爾達兩個人變成像是在拔河一樣互相拉扯──

「——嗯！」

啪哩！

一陣激烈的高壓電流從希爾達身上透過鞭子，經由銀劍，傳到亞莉亞身上。

「呀！」

亞莉亞發出了尖叫聲。

面對全身僵直，可是卻依然不願把銀劍放手的亞莉亞——

「區區一個——下等的人類！」

希爾達用力拉扯銀劍。

接著翻起蓬蓬的裙子，用腳上的細跟鞋「碰！」一聲將亞莉亞踹開。

「——啊嗚！」

倒退到我身邊的亞莉亞已經被電到沒力了。

她雙腳內八地，全身癱坐到棺材前面。

「居然斗膽……用這種汙穢的東西攻擊我……！」

希爾達將纏在鞭子上的銀劍甩到頭上。

接著——就像被稱為 catapult 的中世紀投石機一樣，用力迴轉讓銀劍蓄積離心力後甩了去。

看她把銀劍遠遠丟到觀景臺外的樣子——

果然，她真的很害怕那把劍呢。

可是，那已經不在我們手上了。

與超能力者對戰經驗豐富的亞莉亞也已經被打倒。

理子被敵人拉攏，對我們見死不救。

而我則是……明明從一開戰就處於爆發模式，卻是落得這種下場。

（……該死……！）

有沒有辦法再爭取一些時間啊？三分……不，只要兩分鐘就好。

這樣一來，至少我的手應該就已經可以動了啊。

只要手能動的話……就總是會有什麼辦法的說……！

「明明只是隻老鼠卻想扮演黑夜眷屬獵人……那種玩笑，我真的很討厭。我搞不好有點生氣了呢。」

——唧哩！唧哩哩哩哩哩……！

聽到一陣奇怪的馬達聲，於是我抬頭一看。希爾達在與我們稍微有點距離的地方……

「——亞莉亞，我決定要讓妳的**手術**稍微提早了。」

拿出藏在藤蔓植物下方的小型**電鋸**。

然後，「喀、喀」地踏響細跟鞋走近我們。

簡直就像是恐怖電影的一幕……！

「喂、喂！住手！妳說什麼手術啊！」

「我要剖開亞莉亞的胸口，把她的心臟挖出來。人類的肋骨意外地很堅硬呢。」

看到大叫的我，希爾達像是繃起臉頰一樣笑著。

「遠山，我剛才之所以沒有殺掉你，就是為了要讓你看看這一幕呀。你就好好欣賞亞莉亞活生生地被挖出心臟的樣子吧。」

希爾達走近亞莉亞身邊。

用力把她身上的水手服防刃上衣掀起來。

「來吧，亞莉亞，就讓我看看妳那顆鑲在心臟上的『緋彈』吧……！」

她讓全身麻痺而發不出聲音的亞莉亞露出胸部的內在美。

而撲克牌花紋的集中托高型內衣全都露的亞莉亞……

「～～～嗯！」

雖然因為麻痺而發不出聲音，卻激烈地臉紅起來。

然後像是擠出全身的力氣般，用力搖頭掙扎。

可是，希爾達依然壓住亞莉亞平坦的胸部——

「妳放心，我很中意妳的外表，所以除了胸部之外不會留下傷口的。我會把妳做成剝製標本，裝飾在我的洋館裡。所以放心吧，一切交給我……」

希爾達興奮地喘著氣——

緩緩地、緩緩地，把電鋸靠近亞莉亞的胸口。

而她的眼睛，則是凝視著徹底陷入恐懼的亞莉亞的臉。

希爾達，這傢伙……居然享受著人類的恐懼心態……！

「住、住手……！」

我拚命的叫喊聲，似乎對希爾達而言也只不過是一種快樂的來源罷了。

她露出利齒，表情變得十分愉悅。

「今晚真是……太棒了。光是回想起這一份快感，我一年內都不愁沒快樂可享受了呀。來吧，亞莉亞——叫吧、叫吧！用那夜鶯一樣惹人憐愛的聲音叫吧……齁齁齁！齁齁齁齁！」

電鋸的利刃微微碰觸到亞莉亞的內衣——

衣服纖維「劈！」一聲飛散在空中。

「——」

亞莉亞顫抖了一下身體，於是希爾達「啊！」地發出嬌喘。

露出陶醉的嗜虐表情，扭動身體。

「太棒了……太棒了，亞莉亞。剛剛那個，真是太美妙了。非常棒……沒錯，就是那個表情呀。再來、再讓我多看一點……！」

大概是愛上那份感覺，希爾達的手因為快感而顫抖——

「再來呀、再來、再來再來再來、讓我多看一點呀……！噢……嗯！嗯！」

劈哩！劈哩——

她用電鋸的尖端靈巧地不斷觸碰亞莉亞的內衣。

「……不……不要……啊……！」

亞莉亞雖然總算稍微可以發出聲音了，可是卻依然無從抵抗。

甚至讓希爾達因為聽到了她的聲音，嬌喘聲變得更加愉悅。

「怎麼樣？很可怕嗎？一定很可怕吧？快說很可怕呀！快說！說！」

一邊像連環炮般說著嗜虐的話語，希爾達一邊不斷地前後移動著電鋸。

劈！劈哩——

有時緩慢，有時快到讓人嚇出一身冷汗。

「來呀……怎麼樣呀，亞莉亞！妳說話呀！齁齁！齁齁齁齁！」

——劈、劈——劈哩！劈——

亞莉亞的內衣漸漸變得破破爛爛、千瘡百孔……如果布料都被切光的話……

希爾達想必會繼續傷害她胸口的皮膚吧。不斷地、不斷地。

然後同樣地，接著是肉，然後骨頭……！

（該死……快動啊……！）

快動啊，我的手……！

就算是要徒手去抓，也要……阻止那把電鋸啊……！

可是，等到我可以動作……還要花一分鐘……不行，我動不了！

「沒關係嗎？希爾達。」

這時——

理子發出與平常不同的語調，用「武偵殺手」的聲音說道：

「亞莉亞是稀有的緋彈適應者，如果殺了她，『緋色研究』可就沒辦法領先了喔。」

在我的頭上方，理子壓住了電鋸的把手。

她的手……微微在顫抖。

「……！」

原本還一臉恍惚陶醉的希爾達，忽然吊起細尖的眼角。

露出宛如少女被人沒收了糖果般的表情。

「這個——無禮之徒！」

啪哩！

希爾達的手掌釋放出一發金色電光。

「——嗚！」

讓理子往前倒了下來。

接著，希爾達舉起光面細跟鞋，像是要刺穿理子的背部般用力一踏。

碰磅！

彷彿是歇斯底里發作了一樣，將手上的電鋸甩到地上。

「理子！妳……沒看懂嗎？我剛剛，正是處於**最棒**的時候呀！好不容易……好不容易，讓情緒高昂到接近頂峰的時候——卻因為妳，讓一切都被糟蹋了！」

希爾達露出利齒狠狠摩擦著，情緒激動，甚至眼角還泛著淚光。

看來……拷問被中斷，對希爾達而言是最令她不愉快的事情。

——這傢伙搞什麼，真的是個徹底的虐待狂啊。我完全無法理解。

「亞……亞莉亞還有利用的價值！不要殺她……！」

理子——立刻就能夠說話了。

看來跟我和亞莉亞被攻擊的時候比起來，希爾達發出的電壓有比較微弱的樣子。

可是，從希爾達現在的態度看來……她並不是刻意手下留情的。

就在爆發模式的觀察力察覺到這個不尋常的感覺時——

我的手，變得稍微可以動了。

再三十秒……！

「妳說……『不要殺亞莉亞』……？妳不是對我發誓過忠誠的嗎？這樣呀，原來是這樣呀。妳又打算要背叛了對吧？」

希爾達將力氣灌入腳上的細跟鞋，用力鑽刺著理子的背。

「……嗚……！」

可是理子卻沒有將希爾達的腳撥開。

從她臉上露出痛苦的表情看來，她並不是身體不能動的樣子。

理子只是露出一點都不適合她的恐懼表情，等待希爾達消氣而已。

理子她——

在偷偷鑽進我床上的那一晚，就連把希爾達的名字說出口都感到畏懼。

雖然她剛才對希爾達插嘴了，可是實際上……理子是很怕希爾達的。

害怕這個過去曾經在羅馬尼亞不斷虐待自己的希爾達……

其實，她是害怕得、害怕得根本就沒辦法反抗希爾達。

「理子，我今晚本來是打算要試探妳的。試試看妳能不能對亞莉亞跟遠山見死不救……可是，妳失敗了。也就是說，妳打算要回去巴斯克維爾小隊嗎？嗯嗯？妳說呀！」

鑽……鑽……！

「啊……嗚……！」

理子發出因痛苦與恐懼而顫抖的聲音……

「理子，妳果然根本就不配做我的僕人。我要把妳降格為寵物，妳就一輩子待在我的房間做我的玩具。我會幫妳戴上頸圈然後好好『疼愛』妳，就像這樣……像這樣！要是妳再敢違逆我——我就讓那副耳環炸開，殺了妳！」

希爾達狠狠踩了理子一番後，讓細跟鞋發出「碰！」地一聲，用力把腳踏在理子的臉前。

「——理子，我要妳對我道歉。不，剛才那件事光是道歉還不夠。我要妳親吻我的鞋子，對我發誓永遠忠誠於我。因為妳這輩子就只能當我的東西而已了呀。」

耳朵上的耳環被希爾達另一隻腳戳動的理子，只能恐懼地全身發著抖……

「嗚……嗚嗚……」

彷彿在哀求對方一樣，捧住眼前的細跟鞋。

而在理子的臉下方，水泥地板上……

滴答、滴答地落下水滴。

那是——理子的、眼淚……

「……唔……！」

就在這時——

我使用終於能夠動作的右手抓住口袋裡的甦醒劑（NEBULA）。

接著，喀嘶——

伴隨瓦斯氣壓的聲音，將藥劑注入我的左手。

就在理子顫抖著身體，快要將嘴唇碰觸到希爾達的細跟鞋時——

「……武偵憲章第八條，」

我一邊說著，一邊用意識確認自己體內各處。

隨著心臟的每一陣脈動、血液的每一次循環，NEBULA確實流動到我的全身。

「任務必須徹底完成。」

聽到我低沉的聲音，希爾達轉頭過來。

水汪汪的大眼睛流著眼淚的理子也轉頭看向這邊。

「理子，我記得曾經，妳應該有委託過我吧？要我『救妳』。」

我從自己說話的方式察覺到——

我現在的爆發模式，似乎是基本爆發比較占優勢的樣子。

大概是因為亞莉亞被我自己以外的男人搶奪的感覺變弱的關係吧。

從血流來判斷——應該是基本七分，狂怒三分——吧？這剛剛好。

雖然希爾達是個女性，不過我應該可以藉由狂怒的氣勢與她對戰。我要上了。

「今晚，我就來完成理子的委託。」

面對倒在地上說話的我，希爾達不禁嘲笑起來。

「齁齁齁——你打算要做什麼，遠山？就憑你那個只能趴在地上、宛如臨死蚯蚓一樣的身體？」

「前半的問題我用言語來回答，而後半的問題我就用行動來反駁妳。」

「……嗯？」

「**我要、拯救理子**。」

回答完後，一直偽裝自己沒辦法行動的我──

啪！

利用撐在頭部兩側的雙手以及背部的肌肉跳起身子，雙腳著地。

接著放低姿勢，衝向希爾達身邊。

「──嗚！」

原本以為我只能趴在地上的希爾達被我用行動反駁，於是杏眼圓睜。

我趁著這個機會，衝到她的身邊，用久違的公主抱將理子救了出來。

（──要是再被她電擊的話就麻煩了。）

我遵照當高壓電線掉落地面時應該保持的距離──

將身體後退六公尺，與希爾達拉開間距。

「………」

被我抱在手中的理子……就像是感到寒冷的嬰兒般，兩手縮在胸前，全身發抖。

幼年時期被烙印在心中對希爾達的恐懼心態，現在還拘束著理子本人。

究竟她在年幼時，被那傢伙虐待到什麼程度……

從她現在的樣子就可以一窺究竟。

另一方面，我立刻進行確認……雖然亞莉亞還沒有辦法將破爛不堪的內衣遮起來，甚至還沒辦法發出聲音——

「優先　拯救　理子」

不過她依然堅強地對我送上眨眼信號。

真是好孩子，亞莉亞。

妳就稍微休息一下吧。

——這裡就交給我啦。

「你說要『拯救理子』？遠山，你到底要老好人到什麼地步？理子她可是剛才還設計陷害你的齷齪女人喔？」

希爾達「啪唰」一聲，張開像蝙蝠一樣的翅膀，在拍動的同時跳起雙腳。往上飛翔了一公尺高後，輕飄飄地落到刻有我名字的棺材上。

「理子她為了幫亞莉亞求饒，背叛了我。明明前幾天才剛戴上那副耳環，對我發誓過忠誠呢。在這之前是巴斯克維爾小隊的一員，再之前是伊·U，再之前是父親大人養的狗——那女人三番兩次投靠白晝與黑夜。真的是有夠難看又丟臉的女人。」

光是聽到希爾達的聲音，理子就不斷發抖，用力緊閉眼睛……

「沒錯，金次……我是個背叛者呀……因為怕死，而背叛你了……」

她在我的懷中，嚶嚶啜泣著。

那顫抖的耳朵上戴著的耳環，發出深色的光芒。

「理子，看來妳還需要再調教一番呢。像那樣到處徬徨的妳，太醜陋了——」

希爾達將棺材當作踏墊——

啪唰！

再次用力拍打翅膀，以照明光線為背景，這次飛起了將近三公尺高。

「……！」

看到那超乎常人的跳躍力，我不禁睜大了眼睛。

「——這世界，以暗夜為中心旋轉——」

希爾達飛越我們的頭頂，順風滑翔。

她在空中是不拍動翅膀的。

從形狀上也可以知道，那雙翅膀並不能像鳥一樣自由飛翔。

不過似乎可以讓身體漂浮兩到三公尺的高度，然後像滑翔翼一樣滑翔的樣子。

那份機動能力遠遠凌駕於人類之上，看來應該很難對付。

希爾達接著讓翅膀的邊緣像飛機的襟翼一樣曲折，使自己減速到宛如停滯於空中……

撐開迷你裙以及在那底下疊了好幾層的豪華蓬蓬裙——

降落到周圍裝飾著花草的巨大黑色棺木上。

「德古拉一族是高貴的暗黑貴族。理子——我們從來沒有像妳一樣感到迷惘，甚至背離黑暗。**我們不會猶豫徬徨**。」

希爾達說著，張開黑色鴕鳥羽毛製成的扇子遮住小嘴。

「那是因為我們將力量視為教條，而且是最強而有力、佇立於生物頂點的血族呀。力量，決定生物的優劣順序。無力的種族，只能服從於強力的種族，苟且偷生。這就是生物界的現實。」

喀。喀。

希爾達的細跟鞋在棺木上踏出聲響。

「人類也是無法逃離這個現實的。弱者只能扼殺自己的意志，在強者的束縛下生存。因為違背的人只有被殺的份。理子，妳所戴的那副耳環，正是這個教條的象徵呀。」

宛如站在講臺上授課的教師一樣，希爾達不斷述說著。

「我們吸血鬼是現實主義者，所以不會像人類一樣高唱什麼『不要欺侮弱者』這種理想。沒錯，那對人類而言也僅僅是理想罷了。在人類的世界中，弱者一樣無法變得富有，甚至會遭受冷落，只能慢慢等死。所以說，理子……妳服從我是一件非常自然的事情。就像這座城市中，服從有力者而生存的幾百萬人類一樣——只是接受同樣的現實罷了呀。」

希爾達的扇子指向腳下的東京。

瞥眼一看，城市中的燈光一盞接著一盞——

又緩緩**陷入停電**……！

「接受現實——這表示妳在生物的意義上變得成熟的意思。所以說，理子，妳不需要哭泣。妳只要在今晚對遠山及亞莉亞見死不救、捨棄妳的**猶豫**，就能成為一名成熟的大人了。服從強者，接受這份現實——就能成長了呀。所以說，妳根本不需要哭泣的。」

理子依然用雙手掩臉，不斷啜泣著。

我就近看著這一幕——

終於來到了忍耐的界限，對發表高論的德古拉女伯爵大人嗤之以鼻。

「……呵……『力量即是一切』啊。簡直就像是古老少年漫畫的惡人呢，希爾達。妳不但沒有識人的眼光，而且還是個失禮的貴族。因為妳的講法就像是在說，理子是個懦弱的孩子一樣。」

「你說什麼……？」

希爾達吊起眼梢瞪向這裡，而我則是還以一個笑臉。

「想必妳一定是只看過懦弱的人類而已吧？而我呢，不知是幸還是不幸——強得讓人頭痛的人類我已經看到快厭煩了。理子也是其中之一。」

「……金次……？」

理子透過微微張開的指縫，用哭腫的眼睛看向頭上的我。

「希爾達，正如妳所說——人類是會徬徨猶豫的。但是，人類也擁有可以包容那份猶豫、互相關懷直到對方選擇正確道路的勇氣。那份勇氣甚至可以用『會猶豫才是人類』這種話將別人的猶豫一笑置之。理子只不過是有點路痴罷了……所以，就讓我來當理子的地圖吧。」

我用宛如哥哥對待妹妹一般溫柔的視線看向抱在懷裡的理子。

然後進一步凝視理子的眼眸，誠摯地詢問道：

「理子——妳一直以來都受到弗拉德與希爾達的拘束。想必受過很殘忍、嚴厲而固執的束縛。」

「……」

理子溼潤的雙眼皮眼眸——

也反過來凝視著我的眼睛。

「理子，**妳甘心繼續如此嗎**？妳甘心繼續接受束縛嗎？」

被我如此直截了當地一問，理子她——

「……我……我才不要，我、已經受夠了……」

她圓滾滾的雙眼又溢出了淚水。

就像已經無法阻止的洩洪般，哭泣著、哭泣著——哭成了淚人兒，然後，

「……**我想要自由呀……！**」

這麼說道。

「……說得好。」

我一八〇度轉身後，將理子輕輕放在腳邊。

「聽到妳這麼說，就足夠了。我擁有戰鬥的理由了。」

接著單腳跪下，溫柔地用手指拭去她臉頰上的淚水。

「我會打倒那個傢伙，也會讓她拆掉妳那副讓人厭惡的耳環——」

我站起身子後，轉身面向希爾達……

「——用盡我的全力。」

對她發出遲來的宣戰聲明。

「德古拉女伯爵・希爾達，我要以傷害、監禁、綁架未成年者的罪名逮捕妳。」

被我狠狠一瞪的希爾達，「啪！」一聲闔上黑色扇子，甚至露出開心的表情看向我。

「遠山──你的眼神，真是太棒了。散發出與之前我襲擊車子時的你截然不同的魅力。現在的你，甚至夠格讓我把你當作我專用的裝飾品呢。」

「面對美麗女性的好意，我深感抱歉──但是，既然妳說是**妳專用**的話，那我就不得不拒絕了。不過，如果是**相反的情況**，我在戰鬥結束之後也可以考慮一下。畢竟我似乎被人們稱作是花花公子啊。」

「相反的情況……？」

希爾達稍微表現出思考的動作後……

白瓷般的臉頰開始微微泛紅起來。

大概是在腦海中浮現了跟我挽著手在約會的光景吧。

接著，希爾達每當想要開口說些什麼話的時候，我就「嗯？」地對她露出笑臉──而她總是因此而將聲音吞進肚子裡，然後不甘心地染紅臉頰。

唔……如果用女性的身分對待的話，她跟普通的女孩子也沒什麼差別嘛。

而且還是那種大家閨秀型的。

從她的舉止來判斷，與其說是缺乏男性經驗，我看根本就是完全沒有吧？

哎呀，畢竟那個恐怖的弗拉德是她老爸啊。這也是理所當然的。

「啊……唔！理、理子！」

希爾達慌張地把說話的對象從我換成理子——

「我現在、首先、會把遠山給殺了！妳就給我好好在一旁學習吧。妳該選擇的道路才不是虛幻的自由，而是現實的束縛呀。」

她漸漸恢復了剛才的氣勢，「啪哩……啪哩……」地開始讓身體發出微小的雷電。

「『雷球』——我用來制裁華生的雖然只有八十%的程度，可是我現在要讓遠山嘗嘗一〇〇%的滋味。不，你對我犯下的罪孽，應該要用一二〇%來處罰……！」

在她隆起的胸部前方，出現了一顆乒乓球大小的金黃色雷球。

然後變成棒球大小——排球大小——一秒一秒地漸漸增大。

——要來了——

那就是她利用街上的電力使出的**絕招**。

與攻擊華生的球狀雷電是一樣的東西。

（……銀彈……！）

我剛才為了裝作自己手無寸鐵，所以將彈匣被華生丟棄的沙漠之鷹留在第一觀景臺，然後把貝瑞塔放在身體側面的槍套中。

而那把貝瑞塔裡，裝著對付希爾達的最終武器——

從華生手上拿來的法化銀彈。

畢竟希爾達表現出如此討厭銀劍的態度。我想銀彈應該也有效果不會錯吧。

不過，如果要開槍的話——時機非常重要。

如果被她看到槍，她一定會衝上來搶走。

若因此而變成肉搏戰的話，沒辦法防禦電擊技的我就會相當不利。

所以要像現在這樣與希爾達保持距離，在找到希爾達的**弱點**時再進行射擊。

——我就是因為想到這一點，所以才一直保存著銀彈。

「這樣就……一〇〇%了……！來，要再加強了喔……！」

雷球的直徑變成幾乎跟身高一樣長，希爾達的身影因為透過雷球而變得朦朧——

不過，在爆發模式下的觀察力也讓我發現了她那決定性的**弱點**。

她在使用電力攻擊人的時候，都會有一瞬間**蓄力**的習慣。

只有在那一瞬間，希爾達會變得毫無防備。

所以說——就在她釋放雷球的前一瞬間，我要把她打成重傷。別怪我啦。

而且還是用我所學的槍技中，最快速的一招——

跟大哥有樣學樣的「不可視子彈」……！

「………！」

雷球隨著發出的聲響漸漸膨大，直徑超過了兩公尺——

比攻擊華生的那一發還要大了一圈，不，兩圈。

雖然我對「帶電粒子」這種東西的原理不太清楚，不過——類似密度之類的東西似乎也變大了。

我穿的衣服雖然能夠防彈，但是並沒有防電特性。如果被擊中的話應該難逃一死吧？

不過，我不需要感到害怕。因為我在那顆雷球飛來之前，就會打倒希爾達了。

利用這些想法讓自己拋開恐懼後——我微微動了一下指尖。

不可視子彈。手槍中的拔刀術。這就是那個準備動作。

（來，隨時放馬過來吧——）

希爾達的蓄力時間大約是零點五秒。

不過，只要這樣就夠了。

利用不可視子彈，至少可以確實對她開一槍。

爆發模式可是天下無敵的。我要讓妳明白這一點。

我為了不要錯失希爾達出力的瞬間，於是凝視著她那張美麗的臉龐。

「遠山，你是個對著徘徊於日夜之間的弱者訴說幻想的愚蠢者。你就那樣喪命在幻想之中吧。幻想即是夢境，夢境即是無法成為現實的愚蠢想法。你們這些無法生存於黑夜的人類——是在夜晚作夢、玷汙黑夜的罪孽生物——」

希爾達這時吸了一口氣——

為了射出金黃色雷球而蓄力——

就是現在！

（——不可視子彈——）

……？

「——嗚……！」

怎麼回事——發生什麼事了？

我的手……我的手、動不了……！

明明剛才被高壓電流電到的麻痺感已經消退了說。

「——你還真是個沒有學習能力的男人呢，遠山。」

只是**裝作**要發射電球的希爾達——露出陰險的笑容——

用手搧動雷球，把它移動到自己的頭頂上。

「銀彈就像低俗的香水一樣一直放出味道，你以為我會沒有察覺到嗎？你在射擊之前，會集中精神看著我。所以說——我就對你施加了暗示術呀。」

……糟了……！

攻擊前一刻的互探底牌中——我被她反將了一軍嗎……！

看來騙術這種東西，還是那個蝙蝠女魔高一丈的樣子啊。

……劈哩、劈哩、劈哩劈哩……放電聲音越來越大聲了……！

「跟科學會進步的道理一樣，魔術也是會日益進步的。如果只使用自己身體的力量，精神力（ATP）很快就會見底。所以後來發展出了從體外獲得力量的方法。就像沙礫魔女佩特拉可以藉由星星獲得力量一樣，我呢——可以利用人類使用的電力。用近幾年的分類來說，我就是屬於第二型超能力者的一人呢。不過，我的等級可是人類不管再怎麼努力都不可能達到的高峰呀……好啦，這樣就是一二〇%了……噢噢，都快壞掉了。果然在控制上還是稍微難了一點呢。」

希爾達一邊說話一邊加大雷球，從她的身體上也釋放出了短小的雷電。

那雙金光閃爍的眼眸露出笑意——凝視著我。

（要來了……！）

希爾達露出尖牙，微笑著。

「遠山，你現在的表情非常好喔。Fii Bucuros（太棒了）……！」

這次是真的微微在蓄力了。就在這時，

一閃——

「——嗯？」

隨著風——

像彈珠一樣的東西反射著雷球的光芒，緊貼地面飄動。

從我的腳邊，飄到希爾達腳下的棺材——的側面。

隨風飄動的那個是……肥皂泡……？

不，不對。

那是上個月，我在新幹線上看過的——爆泡珠——**氣體炸彈**……！

——轟轟轟轟轟——

爆炸造成第二觀景臺強烈震動，裝飾在棺材旁的紅薔薇、藤蔓植物以及五顏六色的花束漫天飛舞。

「——唔！」

希爾達穿著細跟鞋的腳蹣跚了一下。

一陣「劈哩、劈哩劈哩！」的電流聲音從棺材的旁邊——原本被藤蔓隱藏起來的**粗電線**斷裂處傳出來。

就在我的眼睛透過漫天花瓣捕捉到那個景象的瞬間，希爾達頭頂上的雷球也——

——咻——

像電線被拔掉的燈泡一樣熄滅，消失無蹤了。

在傾斜的棺材上好不容易站穩腳步的希爾達露出利齒——

「——**4世**……！」

叫出了這個名字。

我轉頭回去，看到在我身旁……

理子用顫抖的手指握著一個迷你香水瓶，站了起來。

2彈　美哉，理子

「欽欽，你退後。」

理子將膠囊大小的一次性噴罐丟到一旁後，往前踏出一步。

她身上的顫抖隨著呼喚我的名字，漸漸平息下來。

接著，「啪啪！」地拍起手，

「啊——對啦對啦！理子都忘記了呢！忘掉了呢～！欽欽跟亞莉亞本來是理子的獵物呀！可是，從哪裡冒出來的呀？這個居然敢擅自開拓ＮＴＲ路線的不識相女人？嘻嘻！嘻嘻嘻嘻嘻！」

理子原地小碎步地轉起圈圈。

就跟平常的理子一樣，既天兵又充滿朝氣的態度——

現在看起來，就像是在鼓舞自己一樣。

「——是變壓器吧？那個棺材。」

啪搭——理子定下腳步轉向希爾達，她的眼神已經冷靜下來了。

那樣子讓我有一種……像是做好了某種**覺悟**般的態度。

「妳會使用電力，可是，那個能力是從裸臀魚的基因中複製而來的。那種魚類根本沒辦法那樣長時間釋放大量電力，頂多用個一、兩次——用完之後，就必須要休息一段時間。」

「4世……妳從哪裡知道那種……！」

「妳在驚訝個什麼勁呀——？這種小事，google 一下就可以知道了呀！」

面對柳眉倒豎的希爾達，理子露出得意的笑容繼續說著。

「所以妳平常並不會使用自己的身體來放電……而是從體外偷電力來利用。但是，雖然妳能產生的電壓很低，可是妳自己的身體卻只能吸收超高電壓的電力。所以才會需要大型的變壓器呀。」

相對於一邊說著一邊走向亞莉亞身邊的理子，希爾達只是一副不甘心的沉默不語。

（……原來如此……）

就跟外國的電器插上日本的插座也不會動的原理一樣，所有靠電力運轉的東西都必須要接收適當電壓的電力才能有動作。

希爾達也不例外。

那具巨大的棺材就是希爾達拿來將街上的電力轉換為自己攻擊用電力的變壓器。

而現在沒了那個東西的話，她就——

「希爾達，妳現在已經沒辦法再取得電力了。而妳自己的肉體也沒辦法再釋放，因為妳剛才已經對亞莉亞跟我分別用自己的力量放電過一次了。而且因為妳沒有可以拿來操縱基本粒子用的巨大電力，所以也沒辦法變成影子活動啦。」

理子拉住依然麻痺而動彈不得的亞莉亞的手，拖著她遠離桃花心木製的棺材。

然後「澎」地拍了一下自己的耳朵，又變出一個超小型的香水瓶。

理子「嘶——」地噴灑瓶裡的東西——

小顆的泡泡球飛到我跟亞莉亞的棺木之間，一陣爆炸後，把連接著兩具棺木的繩索炸斷了。

從那切口上也閃爍出漏電的火花。

「果然呢——這邊是電池呀。希爾達，妳被我戳破事實之後就用一副『我還有備份呢』的眼神看這個棺材，那樣不行啦～理子可是大盜喔？要找出誰把什麼東西藏在哪裡是我最擅長的事情呢。」

「太大意了，沒想到……妳居然會偷偷帶著那種炸彈……！」

希爾達露出尖牙，發出連我這裡都聽得到的磨牙聲。

而理子則是將用光的爆泡膠囊往旁邊一丟，

「如你所知，『武偵殺手』是炸彈狂。」

說出ＡＮＡ６００號班機劫機事件時對我說過的同樣臺詞——

微微撩起裙子，虛情假意地對希爾達鞠了一個躬。

（……理子……！）

那時候的理子，回來了……！

——啪——

理子的右耳宛如綻放出一朵小花般——

鮮血四散。

希爾達說過『只要我動一個念就會炸開』的耳環破裂了。

雖然除了耳朵以外毫髮無傷——可是毒蛇腺液應該已經從傷口進入體內了吧。

那個只要十分鐘就能致人於死地的猛毒……！

「……」

理子依然保持著鞠躬的姿勢，雖然因為耳朵的疼痛而稍微顫抖了一下眼皮——

不過，果然她早就做好這份覺悟了。

那張惹人憐愛的臉蛋絲毫沒有扭曲。

「欽欽，要道別了呢。這之前，有跟你兩個人一起舉行過道別派對真是太好了。」

理子伸直了背脊，她的聲音甚至聽起來很冷靜。

「雖然只有短短十分鐘，可是理子脫離那傢伙而變得自由了。多虧欽欽的鼓勵，理子才能成為真正的理子了呢。所以說，就算只有短短十分鐘……但是只要欽欽在一旁看著真正的理子，那樣就夠了。」

在她說話的同時……

原本就烏雲密布的天空，下起了斗大的雨滴。

像是要切開那些大顆雨滴般——理子一左一右動起頭髮，從上衣背後拔出刀。

那是她為了偽裝成亞莉亞而揹在身上的兩把日本刀。

「希爾達，我現在，要做一件我一直以來最想做的事情……對妳、報仇雪恨！」

右耳滴著血珠的理子——

宛如希臘神話中的美杜莎一樣，散開頭髮。

「好呀，我就跟妳打一場。對付妳這種角色，就算不用電力也是輕輕鬆鬆呢。妳就感到光榮吧，能夠與德古拉一族戰鬥兩次的人類——妳是有史以來第一個呢。」

希爾達像是要與理子的頭髮對抗一般張開翅膀。接著踢起一隻腳。

被那腳尖勾住而一併被拉出來的——是一把金色的三叉槍。

尖端像一個「山」字一樣分岔，是一種命中率比普通的長槍還要高的武器。

「不過，4世，妳是不是忘記了？吸血鬼身上有任何外傷都能瞬間治療的四個魔臟喔？那些位置因個體而有所差異——而我的魔臟位置，妳並不知道。頂多就只知道兩腿上的這兩個而已吧？」

「理子……」

依然因為暗示術而無法動彈的我將臉轉過去——

看到就算被灌了毒蛇腺液也依然打算要一決死戰的理子「喀嚓」一聲——

「沒關係，因為理子有欽欽跟著呢。」

舉起我的貝瑞塔，在槍身上吻了一下。

看來是她剛剛站起身子的時候，從我身上摸走的吧。

「法化銀彈——被這個傷到的話就沒辦法治療了吧？希爾達。」

「……只是沒辦法馬上治療罷了。只要不會被擊中就根本不算什麼。來吧，父親大人的仇人們——為自己祈禱吧。你們三個人今晚就要死在這裡啦。」

面對走下棺材，架起三叉槍的希爾達——

理子又從我背後拔出了薩克遜劍。頭髮上兩把刀，雙手各一劍一槍。

——雙劍雙槍的理子——

雖然是變形版，不過當初連亞莉亞都感到棘手的那個身影，浮現在夜晚的黑暗之中。

「今晚會死的只會有兩個人——包括妳在內！」

身染猛毒的理子大吼一聲，往前飛奔。

全速逼近希爾達後，利用頭髮上交叉的雙刀——

鏘！

穩穩地擋住了希爾達刺出來的長槍。

接著用人類的手臂所無法做出的動作，像風車一樣旋轉日本刀，想要從希爾達手中搶走長槍。

啪唰！

於是希爾達也利用人類無法做出的動作——拍動翅膀，帶著長槍往旁邊騰空翻了一圈。

她穿在身上的蓬蓬裙幾乎快要完全翻開來了。

就在細跟鞋「喀！」一聲落地的時候——

「希爾達！妳——一直以來都太仰賴魔臟了！」

碰！

理子手上的貝瑞塔火光一閃，法化銀彈命中了希爾達的右翼——的根部。

嘶——被擊中的翼片薄膜上，開出了一個大得很不自然的槍孔。

彷彿是被硫酸彈擊中而被溶解掉一樣。

「嗚……！」

希爾達呻吟了一下，而她的傷口並沒有像之前看過弗拉德那樣瞬間回復。

「所以妳的體技都很不到家呀。因為妳總是覺得就算受了傷也沒有關係！」

被理子這麼一叫的希爾達好不容易站穩了腳步——

「這傢伙……4世！明明只是我的寵物……！少在那邊給我無禮！」

這次換成從側面揮動長槍，想要瞄準理子的脖子。

「啊哈哈！」

理子則是笑著，將雙腳前後一劈，瞬間落下的身體就躲開三叉槍了。

接著她維持那個姿勢，讓雙腳像圓規一樣一邊迴轉一邊逼近希爾達。

那是——從昭昭那邊學來的，中國拳法的招式。

「——希爾達！**妳太遜了啦！在格鬥技方面！**」

縮短雙方間距的理子用日本刀牽制著希爾達——碰碰碰！

同時用切換成三連發的貝瑞塔再度攻擊她右邊的翅膀。

大概是隨意肌被打斷了，破破爛爛的右翼喪失力氣——垂了下來。

緊接著理子揮起薩克遜劍一閃——

希爾達右邊的翅膀最終被一劍砍斷，飄向半空。

「……嗚！」

變成單翼的希爾達露出悔恨的表情往後一退。

而貝瑞塔的銀彈依然不放過她，「啪啪啪！」的中彈聲音從她左邊的翅膀膜上也傳了出來。

「啊哈哈！希爾達！希爾達！妳怎麼了呀～？」

近身槍戰「亞魯・卡達」的技巧把希爾達逼到了絕境。

理子使用亞莉亞的刀、我的槍與劍、加上她在伊・U及武偵高中學到的招式攻擊著。

沒錯——這就是，賭上理子全部人生的戰役……！

面對毫無保留的「武偵殺手」，希爾達終究被逼退到背部已經快要貼到黑色棺材了。

臨空一個前翻的理子揮出薩克遜劍，唰！

沿著彈孔連結出來的軌跡，把希爾達的左翼也切斷了。

而希爾達則只能犧牲她的翅膀——

拚命將三叉槍往前一刺，好不容易將理子手上的薩克遜劍成功搶走。

「……區區……一隻老鼠！」

希爾達把薩克遜劍往第二觀景臺的邊緣一丟——

「老鼠？妳是在說自己吧？被砍掉翅膀的蝙蝠小姐，哎呀呀～～真是不可思議！就跟老鼠一模一樣了呢！啊哈哈！」

但是依然握有雙劍一槍的理子根本不在意，繼續攻擊失去機動力的希爾達。

日本刀切開希爾達身上的洋裝——唰！砍到她的側腹部。

「嗚……！」

傷口冒出紅色的煙霧後，立刻就復原了。可是……

因為希爾達害怕貝瑞塔的槍口，於是變得將三叉槍用在防禦上了。

而理子則是因為剩餘子彈很少——照我的計算，應該只剩一發——於是開始以亞莉亞的日本刀做為主要攻擊手段。

「啊哈哈哈哈哈！來呀，希爾達！有辦法就來踩我！來踢我呀！就像以前一樣！來呀來呀！」

理子一邊用手槍威嚇著希爾達，一邊用頭髮上的兩把日本刀砍著希爾達的身體。

劈哩！唰！唰唰——劈！

裂開的洋裝底下有沒有眼珠圖案？有沒有傷口治癒比較緩慢的地方？——

似乎是像那樣在尋找著魔臟位置的樣子。

「住……住手……快住手！……不要呀……！」

「我！之前！那樣說的時候！妳！有哪一次停下來不再踢我了？」

面對終於連長槍也放手的希爾達，理子依然不停地揮砍。

希爾達當場跪了下來，彷彿要抓住空氣般揮動塗了紅指甲油的手——但是就連那雙手也難逃被砍刺的命運。

雖然我明白，為了找出魔臟的位置只能這樣做……

可是理子的攻擊方式實在殘酷到讓人忍不住想避開視線。

而且，她居然還是邊笑邊攻擊的。

（……戰鬥狂……）

——總覺得好久沒有看到理子的本性了。

理子她——雖然平常像個搞笑分子，可是實際上是個自尊很高的少女。

面對傷害她自尊心的對象，從她的背影就可以感受到一股強烈的報復心。

「……無——無禮之徒！給我退下！」

被胡刺亂砍了一陣的希爾達，就在全身上下幾乎被脫到只剩貼身衣物時——

她彷彿是在絞盡最後的力氣般——啪唧——啪唧啪唧……！

身上放出比剛才明顯弱了一大截的電力，包覆自己的身體。

「——哎呀。」

理子往後跳開——後退到我跟亞莉亞所在的地方。

變得比剛才還要激烈的大雨，沖洗著理子刀上的希爾達血液。

「……4世……不可原諒，絕不可原諒……」

不斷謾罵的希爾達用雙手抱住自己的身體縮成一團，雙眼狠狠瞪向這邊。

那股電力——恐怕是她耗費自己的生命力所釋放出來的吧？

雖然沒有辦法射出雷球，但是，現在這樣也沒辦法靠近她了。

她雖然一邊恢復著滿是瘡痍的身體，但或許是因為一邊在放電的關係，治療的速度也變得緩慢——抱著長槍的希爾達暫時沒辦法行動了。

是撕破亞莉亞內衣的因果報應嗎……希爾達身上的精緻貼身衣物與吊帶襪現在也到處都是破洞，襪子上的吊帶也斷了一邊，垂了下來。

看來……希爾達穿的衣服雖然是防電・耐燃性的，可是卻不是防彈防刃性的。

「嗯……嗚嗚……」

大概是想要躲起來吧，希爾達不斷嘗試著想要把自己底下的影子——那塊地板溶解掉，但終究還是白費力氣。

有勝算！那傢伙已經陷入電力不足了，要打倒她的話，就要趁現在……！

「全都被我找到了，那些眼珠圖案——因為是白色的皮膚，所以找起來辛苦多了。」

回到身邊的理子對我這麼說。

而她的雙腳……微微搖晃了一下。

從理子開始戰鬥之後，已經經過三分鐘了。

從耳環侵入體內的毒蛇腺液——開始循環到全身了。

「沒事吧……理子！」

「……兩邊大腿、右胸下方、還有肚臍下方。眼珠圖案全部集中在腳和腹部上。」

吸血鬼的無限回復能力來自於一種人類所沒有、被稱作「魔臟」的臟器。

而麻煩的是，那魔臟總共有四顆，就算只傷害其中一、兩顆，也立刻會被其他魔臟治癒。

因此，要打倒吸血鬼就必須要**同時**破壞四顆魔臟才行。

希爾達肌膚上宛如刺青般的眼珠圖案就是標示魔臟位置的記號。可是——

「位置知道了……但是，要怎麼做？那把貝瑞塔裡面，應該只剩下一發子彈吧？」

我這麼說完後，

「另、另外……還有、兩發……！」

終於脫離觸電麻痺感的亞莉亞走近我們。

她躲在我的身後，把頭上那兩根像犄角一樣的髮飾拿下來。

「雖然我的全身都被檢查過了，不過似乎沒有注意到這裡呀。」

然後，「啪」一聲。

拆開髮飾的底部，從中空的內部……

左右各拿出了一發點四五ＡＣＰ彈。

「以前我是在裡面裝藥的……不過至今為止遇到好幾次因為沒子彈而陷入危機的狀況，所以最近我開始習慣在這裡藏子彈了。理子，把我的手槍還給我。」

亞莉亞從理子的大腿上拔出自己的兩把手槍後，用單手遮著雨滴——各自從拋彈殼孔裝上了一顆子彈。

白銀與漆黑的 Government 就像是復活了一樣發出銳利的光芒。

「——欽欽，亞莉亞，謝謝你們。不過不要緊，理子也想好手段了。」

「手段……？妳是說打敗希爾達的、其他方法……嗎？」

我這麼說完，理子就露出銳利的眼神點點頭。

「我原本是想說如果要被殺掉的話，就做好同歸於盡的覺悟用那招的。只是，如果要用那招的話，讓希爾達到處亂飛就沒用了，所以我才會先封鎖她的翅膀。」

……原來如此。

所以才會那麼不惜浪費地狂用銀彈啊？

「可是……妳一個人要怎麼做呀？貝瑞塔裡面不是只剩下一發子彈而已嗎？」

聽到亞莉亞的問題，理子搖了搖頭。

「我之所以會讓貝瑞塔留下一發子彈，是為了要殺死失去魔臟後的希爾達呀。」

我聽到「**殺死**」這個詞彙而蹙起眉頭——

「……？」

這時，從視野的角落感受到了希爾達身上**不尋常**的感覺。

脫下了破爛的哥德蘿莉裝，身上只穿著紫色內在美的希爾達……

依然用一層薄薄的電力像鎧甲一樣保護著身體，並且進行身體的治療。

可是……怎麼回事？總有一種不好的預感。

——她那個姿態——

雖然因為膚色很白而看不太清楚，可是確實在肌膚上可以看到白色的眼珠圖案。兩腿上各一個、肚臍下方一個、右胸下方也有一個。

確實可以看到，那傢伙的弱點全都暴露出來了。可是，那反而——

給我一種難以言喻的不協調感。

「——等等，理子。」

「如果你要跟我說叫我遵守武偵法的話……對不起了，欽欽。」

「不是那件事。我從希爾達身上……感到一種不協調的感覺。如果妳有作戰計畫的話，那就——現在**別用**。我們用四點同時攻擊解決她。」

我抓住理子的雙肩，筆直地看著她說完——

看到我的態度，理子睜大了眼睛。

「……我知道了，既然欽欽這樣說的話，就聽你的。可是……要怎麼做？這邊只有三把槍、三發子彈。要同時攻擊四發……在物理上就不可能呀。」

「抱歉，我物理很差呢。」

在我說話的同時，遠處傳來了漸漸接近的雷聲。

亞莉亞似乎也聽到了，她像小動物一樣用紅紫色的眼睛望向西邊的天空。

如果這邊真的開始打起雷電的話，害怕打雷的亞莉亞就會有失誤的可能性。就跟對付弗拉德那時一樣。

四點同時攻擊——要出手的話，就只有現在了。

「亞莉亞，如果要同時攻擊的話，就需要亞莉亞的力量。妳用那兩把槍射擊希爾達的右胸跟下腹部。雖然在強襲科受過的訓練是避開人體要害，不過妳應該辦得到吧？」

「嗯、嗯。」

我稍微加重語氣說完後，亞莉亞就像小孩子一樣點頭。

畢竟亞莉亞基本上對於爆發模式的我很順從啊。

「理子，妳射擊希爾達的右大腿。至於第四發——我會想辦法。雖然理子妳說不可能，可是——在歷史上，人類完成了許多不可能的事情。我們就讓希爾達也明白這件事情吧。因為她一直都在貶低人類啊。」

我說著，然後站到理子身邊。

「今晚就由我來，為了理子——將不可能化為可能吧。」

「……為了、理子……」

理子露出感動的眼神抬頭看著我——

接著飄動柔順的捲髮，舉起貝瑞塔。

「我知道了。上吧，欽欽。」

「好孩子。」

我撫摸了一下理子的頭，斜眼看向希爾達。

除了翅膀以外的傷口都治療完成的希爾達握住三叉槍站起身子，往這邊走過來。

她包覆在身上的電流雖然不算強烈，不過如果觸碰到的話應該就會觸電吧。

也就是說，我們沒辦法使用刀劍類的武器。

果然，只能用數量不足的手槍跟子彈硬拚了。

「射擊……右邊、大腿——……」

腳步蹣跚的理子被亞莉亞扶住身體。

「理子，妳沒事吧？沒關係，妳就扶著我射擊吧。」

「啊哈……這樣會在天國、被曾爺爺大人、罵到臭頭呢……居然讓福爾摩斯家的女人扶著身體、戰鬥……」

「我也是很不屑啊，居然要跟羅蘋家的女人合作。」

「亞莉亞……」

「什麼啦！來，給我振作點！」

「我果然、還是、最討厭妳了。嘻嘻……」

「哎呀，還真是有默契呢。我也是最討厭妳了。呵呵！」

兩個人像是普通的女孩子一樣相視而笑後——

喀嚓喀嚓。喀嚓。

舉起三把手槍，瞄準了希爾達。

「……嗚……！」

希爾達雖然一瞬間露出警戒的表情──

「齁齁……根本不夠嘛。我說，才拿三把手槍能做什麼呢？」

可是她立刻又放心下來，露出笑臉。

（這就叫「塞翁失馬，焉知非福」啊。）

──如果我們現在有四把手槍的話，希爾達搞不好就當場逃走了。

若是讓她逃跑了，以後應該還會在某處再度受到她的襲擊。

可是到了那個時候，知道同歸於盡手段的理子就……已經、不在了。

「要上了……！等我打暗號就發射！」

我對著兩個人喊完後，朝著希爾達衝刺──

雖然剛才因為是在女孩子面前，所以虛張聲勢了一下……可是實際上，我到現在還是想不出什麼用三發子彈攻擊四個地方的方法。

不過，我還是衝出去了。這樣就好。

我現在身上連一把指甲刀都沒有，完全是手無寸鐵。

可是，一定可以辦到。

一定可以，不，絕對可以。

很多事情一開始都是會讓人覺得不可能辦到的。而要讓它變得可能，首先就必須要深信不疑地往前衝。一開始的這份勇氣是最重要的。

（——方法只要邊跑邊想就好了！）

就在希爾達手上的長槍指向我的瞬間，爆發模式下的腦海中——

回想起剛才希爾達用鞭子纏住十字箔劍後，像中世紀的投石機一樣將它迴轉並甩出去的光景。

而就在這個同時，我發現了。

猶如靈光一閃般出現的——一條活路。

——就是這個——

我彈開雨滴、往左踏出一步閃避長槍。

緊接著快速繞到希爾達背後，與她相距五公尺。

被雨淋溼的腳撒起水花，宛如甩尾的車子一樣轉回身子——

將視線死盯住希爾達意外很有肉的下半身。

「理子！亞莉亞——射擊！」

我利用剛才迴轉身體的衝勁，跟使出單手偏彈——「螺旋」的時候一樣，用力扭轉全身。

接著揮動戴著露指手套——「大蛇」的右手。

——碰碰！碰——

——亞莉亞與理子——

就在兩個人同時讓三把手槍噴出火花的瞬間。

我的世界變成彷彿利用超高感度攝影機所拍攝出來的慢動作畫面。

法化銀彈是純銀彈。

因為銀的比重比鉛輕，所以在開槍時沒辦法完全接收火藥產生的壓力。

因此，從理子手上的貝瑞塔發射出來的銀彈並沒有辦法達到音速——

——唰、唰、唰——

結果與亞莉亞發射出來的亞音速點四五ＡＣＰ彈幾乎同時命中了希爾達。

「——」

在三發射擊火光下映出影子的希爾達——

雖然右胸下、下腹部與右大腿的魔臟被射穿了，卻還是依然站穩了腳步。

大概是想要靠著左大腿的魔臟，轉守為攻吧。

——這時，音速的三聲槍響傳到我耳裡——

眼前也看到貫穿右大腿的銀彈朝著我飛過來。

來吧，接下來輪到我出場了。

目送幾乎貼著我身體飛過去的兩發亞莉亞的子彈經過之後——

——鏘——

我用右手的兩指夾住理子發射的銀彈。

鍍了鈦金的超合金「大蛇」噴出激烈的火花。

那火花讓我的手像是握住一團火球般閃耀。

（——『子彈回射』——）

用手指夾住子彈後，我這次——**不讓子彈穿過**。

盡可能保持子彈的速度，只改變它的行進方向。

對付華生的時候，我偏移了三十度。

既然三十度可以成功的話——

六十度也是、九十度也是——

（——一百八十度也是可以的啊！）

子彈跟著我的身體一起轉了整整一百八十度——接著，脫指而出——

——唰——

漂亮進行**掉頭**的子彈，從希爾達的背後射穿了她的左腿。

——從開槍到這個瞬間，時間不到零點一秒。

三發子彈應該比希爾達的回復速度還要快速地擊中了四個點才對……！

「……唔……！」

希爾達被子彈擊中四處後，細跟鞋「喀」地發出聲響。

接著，轉頭看向依然把右手伸向她的我。

——露出「難以置信」的表情。

沒錯，妳一定難以置信吧？

居然會輸給妳一直以來都瞧不起的人類——妳一定想都沒想到吧？

但是，就在這一刻，那變成現實了。

感覺怎麼樣啊？**現實主義**的吸血鬼大人。

「Deşteaptă-te, române...din somnul cel de moarte……」

這是、詩……？希爾達用著大概是羅馬尼亞語的語言——

呢喃著不知道是在詛咒還是在做什麼的……像詩一樣的東西。

「În care te-adânciră...barbari...de……ti……ra……ni……」

隨後，當場跪下雙膝……往前倒了下去。

終於倒下身子的希爾達，在雨水潑打下——

不再發出聲音。

黑暗眷屬・德古拉女伯爵希爾達——

終於，被打倒了。

父女兩個人，都敗在同樣的三人組之下。

「……理子……！」

我聽到亞莉亞驚慌的聲音而抬起頭，看到理子扶著亞莉亞的肩膀垂下了頭。

於是我趕緊飛奔到兩人身邊。在理子的指示下……將她拖到希爾達棺材一旁殘存的花堆邊。

理子背靠著棺木坐在地上後——

「……討厭啦——真是的……！你們兩個，那是什麼表情嘛……？」

對擔心她身體的亞莉亞與我勉強擠出笑臉。

可是，依然隱藏不住她痛苦的臉色。

裝在耳環裡的毒蛇腺液可以在十分鐘內殺死人——希爾達是這麼說的。

而從那滲入理子體內後，已經經過了七分鐘。

（必須要盡快給醫生看才行……！）

但是，光是要爬下這座天空樹就必須要花上五分鐘了。

亞莉亞似乎也理解到這一點，所以就只是在一旁注意理子的狀況而已。

「欽欽、亞莉亞，不要露出那種臉嘛。理子現在的心情……可是非常棒呢。」

……理子……

「理子呀……理子呀，拚上性命、大打一場了。『拚上性命』這種事情……都不知道……做過幾次了……可是、卻在不知不覺間、變得怕死了呢……嘻嘻嘻……」

理子……！

「其實呀，理子很明白的……理子之所以、會變得不想死……是因為、欽欽……跟欽欽、相遇了呢……」

看到理子強顏歡笑地流著淚、伸出顫抖的手……

我現在只能緊緊握住她的手了。而就在這時——

——一閃——

受到接近而來的雷光驚嚇，亞莉亞的肩膀用力震了一下——

而理子……也驚訝地睜大了她雙眼皮的眼睛。

不是因為打雷，而是看著我的背後——

希爾達倒下的地方。

「……嗯？」

於是我轉回頭，竟看到……

……轟轟轟……

一個影子伴隨著落雷聲，拿著三叉槍，若無其事地站了起來——

「齁齁齁——感受如何呢？4世小姐？」

——希爾達……！

這……這是怎麼回事？

她胸部下方與下腹部的彈痕，**已經治癒好了**。

被銀彈擊中的兩腿傷口似乎治癒速度比較慢，但是……也依然慢慢地、在回復中……！

「為什麼……！明明已經擊中四顆魔臟的說……！」

亞莉亞縮著身體，對不死之身的德古拉女伯爵露出犬齒。

「噢噢，太棒了。你們三個人，現在的表情都太棒了。尤其是妳——理子，妳一定感到很懊悔吧？明明賭上性命大戰一場了……可是妳看，如妳所見，我一點事都沒有呢。吶，妳現在的心情如何？齁齁齁！再多後悔些吧，然後讓我刺穿妳，一定很愉快的。」

希爾達將手托在嘴邊笑著——

舉起長槍指向頭頂的雷雲，搖曳著。

「我打從出生之後，魔臟就不是長在難以被看見的地方。而且，居然還被加上了這個令人厭惡的眼珠圖案。所以說——這件事情就連對父親大人都保持祕密——我利用外科手術，改變了魔臟的位置呢。鮈鮈鮈！鮈——鮈鮈鮈鮈鮈！」

猶如高音波般的尖銳笑聲中，樓下成群的蝙蝠紛紛飛舞上來。

在希爾達的背後，映著落雨與雷光亂舞著。

「——來吧，猜猜看我的魔臟在哪裡呢？」

雷聲隆隆之中，希爾達像是要炫耀自己紫色的貼身衣物般挺出胸膛。

「其實，就連我自己都不知道呢。我故意不想知道的，因為如果我知道的話，難免會暴露馬腳吧？手術的傷口也立刻就復元得不留痕跡了，而執行手術的那位密醫嘛——我也封住他的嘴巴啦。所以說，答案沒～有人知道呢。」

……！

怪不得……她打從一開始就毫無保留地露出大腿啊。

我終於搞懂了——

剛才我所感受到的「不協調感」，就是那傢伙根本**沒有打算把眼珠圖案藏起來**。

她被理子割破衣服，用電力把理子趕跑後——明明四個弱點都暴露出來了，她卻一點都沒有表現出焦急的樣子。

那是因為就算被看到了也無所謂的關係。

在那眼珠圖案底下，**根本就沒有魔臟……！**

「噢噢，多麼美好的天氣呀。」

轟隆隆……！

面對彷彿是落在自己身邊的雷聲，希爾達卻一臉舒暢地聽著。

亞莉亞則是縮在一旁——理子也只能悔恨地瞪著希爾達。

「4世，一百二十一年前，在建造中的艾菲爾鐵塔上——我的父親大人與你的曾祖父——亞森・羅蘋1世對打了一場。真是巧合呢，雙方的子孫對戰的這座塔，也是建造途中……不過，這是一座好塔，非常高，我非常喜歡。雖然我從來沒有想到，這時代中最高的一座塔，居然會是東洋的猴子建造的。」

宛如陶醉於近在頭頂的天空，希爾達環顧天上的雷雲。

「我一直在等待像這樣的**好天氣**，所以今晚才會把華生也叫過來的。為什麼德古拉一族都是在雷雨交加的夜晚、在高塔上戰鬥的……我現在就告訴你們……！」

希爾達說著，抬頭看向雲層——

在打雷的同時，將三叉槍高高舉起。

「——嗚！」

金屬槍變成了一根避雷針，從厚重的烏雲之中——一道白色的光束——

轟————隆隆隆隆隆……！

伴隨著激烈的雷聲，四周被閃光包覆——

「呀啊啊啊啊！」

亞莉亞發出陷入驚慌的尖叫聲。

「——」

而第一時間用雙手護住臉部的我睜開眼睛後……

看到眼前的雨滴因高熱而蒸發，變成一片水蒸氣向四周擴散。

流動在暗夜中的水蒸氣，讓第二觀景臺上呈現宛如異世界般的景象。

「——這是有生以來第三次呢，像這樣變成第三型態。」

在白煙之中——

希爾達心神舒暢地佇立著。

包覆全身的電光已經不再是剛才所看到的金黃色。

而是發出青白色光芒、激烈閃爍而讓人覺得不只是觸碰不得，甚至只要靠近就會被燒成黑炭般。

雖然耐電性的內衣、細跟鞋以及蜘蛛網紋的網襪還留在身上，但是頭髮上的蝴蝶結已經消失無蹤——讓她長而捲曲的一頭金髮隨著暴風亂舞。

簡直就是……惡魔的樣子。

難以相信是這世上存在的東西……！

「父親大人受到砂礫魔女佩特拉的詛咒——還沒有機會變成這個第三型態，在第二型態下就被你們打敗了。我因為討厭腫脹醜陋的第二型態，所以就直接跳到第三型態來了。來呀，來呀，來玩吧？」

帶電的希爾達，全身上下以及手上拿的長槍都「劈哩劈哩」地閃爍著青藍色的電流。

光是「碰！」一聲用長槍往腳邊一插——

水泥地板上就閃過一道道雷光，留下宛如蜘蛛網般的裂縫。

「如果說第一型態是人、第二型態是鬼的話——這個第三型態就是，神。藉由耐電能力以及無限回復力而達成的、德古拉一族的奇蹟。沒錯，就連『打雷』這個自然現象，都奇蹟似地剛好是容易讓我接收的電壓呢。這就是製造這個現象的上帝將我視為神之近親的證據……」

希爾達讓帶電的細跟鞋踏出聲響——

揮起三叉槍，發出迫擊砲般巨響的同時，棺材的一角被轟掉了。

外露的棺木內側——厚重的銅板扭曲變形了。

這……這什麼怪力啊！簡直比她老爸還強！

「——所以說，我已經不需要倚靠人類的電力了！齁——齁齁齁齁齁！來呀、來呀、看著我！畏懼我！流下眼淚！向我求饒呀！」

身為虐待狂的希爾達為了煽起我們的恐懼心——

碰磅！碰磅！

用長槍毆打著第二觀景臺邊緣的鋼鐵柱，讓它扭曲。

——我趁著這個機會，確認亞莉亞與理子的狀況。

亞莉亞——已經不行了。

雖然她的眼神並沒有失去鬥志，但是因為剛才的打雷而全身萎縮起來了。

理子……應該也沒辦法戰鬥了吧。

她全身無力地靠在棺材上，只能狠狠地瞪著希爾達而已。

「——理子、不、亞莉亞，這個借我一下。」

唯一能夠戰鬥的我，拔出收在理子背後的一把日本刀。

面對全身帶電狀態的希爾達，我沒有辦法靠近。因此——

「希爾達！」

我朝著她站在觀景臺邊緣的腳，將刀子像迴旋鏢一樣扔出去。

喳！

迴轉的飛刀切斷了希爾達的阿基里斯腱。可是——

「……！」

不行。傷口就像什麼事都沒發生過般治療完成了。

我原本期望她可以一個啷嗆跌下去……可是她卻連晃都不晃一下。

在閃電雷光之下，希爾達的表情——

陰險地露出利齒笑了。

接著用穿著細跟鞋的腳踏上被打壞的棺材。

「我原本想說要把亞莉亞做成剝製標本的——可是對不起喔，那已經沒辦法了。」

啪唧！……劈哩劈哩……！

青白色的閃電在希爾達舉起的三叉槍尖端宛如跳舞般一來一往地閃爍。

「因為第三型態的我——會把觸碰到的所有東西，都燒成黑炭呀——」

雷球……！

在三叉槍的前端，出現了球狀的雷電。

可是……不對、顏色不一樣。

這顆雷球釋放出耀眼的蒼藍光芒，看起來電壓遠遠高於之前的雷球。

而且形狀也不同。

膨大的能量放出不安定的光線，與其說是球狀還不如說是星狀。

明明就沒有接觸到，但是我們身上的金屬——手錶、鈕扣以及口袋中的手機都

「啪哩！啪哩！」地釋放出極小的電流。

「就當作是能夠跟我長時間戰鬥的獎賞，讓你們見識一下德古拉家的奧義——『雷

星』吧。我要用這招把你們燒成黑炭，用這把槍穿刺起來，當作是獻給父親大人的禮物。」

……還真是讓人討厭的禮物啊。

在咂著舌的我眼前，希爾達從自己的身體不斷輸出電力，一秒接著一秒地增大青白色的雷球。

到了這個地步的話──

我能做的……就只有跟她同歸於盡了。

利用爆發模式的全部力氣衝撞希爾達，將全身電成黑炭──連她一起從高塔上跌下去。

應該……只剩這招了吧？雖然很遺憾。

──不過，我無論如何都要保護亞莉亞跟理子。

這就是處於爆發模式下的……不，是身為男人的我應當做的工作吧？

我不發一語，借用了最後的一把日本刀做為威嚇用。

就在我為了保護兩位女孩子而踏上希爾達所站的那具棺材上時──

「人生的每個角落，都要用花朵裝飾……這是我的母親大人、說過的話……」

突然從背後傳來理子的聲音。

（……？）

我傾斜日本刀，利用磨得光亮的刀面觀察理子的樣子。

理子手上抱起了一束裝飾在棺材周圍的大把花束。

那是一束向日葵花束，非常適合充滿活潑朝氣的理子。

「所以……希爾達，讓我送給妳這束、離別的花朵……」

希爾達的視線看向在我背後說話的理子。

「齁齁……以4世來說還真是值得嘉獎的態度呢。不過，恕我拒絕妳的好意，因為我最討厭向日葵了。長得像太陽一樣，令人厭惡。妳應該也知道吧？我喜歡的是昏暗的地方呀。」

「呵……那麼喜歡暗處的話，我就教妳一句日本的諺語吧。『丈八燈臺照遠不照近』……自己的腳邊發生了什麼事情……通常本人都難以察覺呢。」

映照在刀面上的理子露出得意的笑臉——

將向日葵花束拆解開來。

「**這個東西**不管太遠或是太近都不行，必須要相隔最佳的距離才行呢……」

拆開花束後出現的，是一把槍身被切短的——

——溫徹斯特 M1887。

「霰彈槍……！」

在理子的身邊，亞莉亞杏眼圓睜。

……原來如此……！

「理子，妳真是──天才啊！」

我往旁邊一躍，跳下棺材。就在希爾達看到從我背後出現的理子手上拿的槍，「啊！」地倒抽了一口氣的瞬間──

「嘻嘻，現在這個角度，真是太完美了。希爾達，Fii Bucuros（太棒了）……！」

理子顫抖的手臂在亞莉亞的支撐下──

──轟磅！

像打雷般巨大的槍聲響徹第二觀景臺。

跟只能攻擊一處的手槍子彈或來福槍子彈不一樣，這顆**霰彈**──

──啪！

分裂成無數的細小子彈，在空中散開。

在我爆發模式的雙眼捕捉下，那數量──是多達一百發以上的超小型軟鐵彈。

──唰唰唰唰唰唰──

「——嗚哇！」

宛如花開般飛散的子彈擊中希爾達全身上下。

沒錯，利用霰彈槍的話——

根本就不需要知道魔臟的正確位置，可以直接攻擊對方的全身。

「啊……嗚……嗚嗚……！」

飽受無數子彈洗禮的希爾達腳步一個蹣跚，當場跪了下來。

就在這時，蒼藍的「雷星」彷彿溶解般回到長槍上——劈哩！

貫穿希爾達的身體，傳導到她的腳下。

「——呀啊啊啊啊啊——」

剎那間，希爾達的全身被火焰包覆。

原本不管皮膚再怎麼受到燃燒也能瞬間回復的希爾達……

被自己操弄的高壓電流點燃身體了。

（……無限回復能力、消失了……！）

應該是4顆魔臟全都被剛才的霰彈擊中了吧。

——呀啊啊……！

再也忍受不住而發出尖叫聲的希爾達，從黑色的棺材上滾了下來。

「啊嗚……！怎麼可能……這是惡夢……這一定是一場惡夢……因為、這實在太奇怪了……！我怎麼、我怎麼可能、會被這種傢伙……這太、過分了……！」

失去雙翼、也無法變成影子的希爾達，在地上拖動身體，想要逃離我們的眼前。

可是，卻因為自己身上燃燒的火焰而迷失了方向，只能不斷左右徘徊。

亞莉亞雖然拿出手銬準備逮捕希爾達，可是……她立刻理解到這已經不是可以出手的狀況了。

我也是一樣。

雖然我已經看不下去而想要上前幫助她，可是她全身燃燒的火焰卻讓人無法靠近。

「希爾達……！不是那邊！不要過去那邊啊！」

我對著往觀景臺邊緣爬動的希爾達大叫——

但是希爾達大概是因為自己燃燒的聲音而沒有聽到吧。

她痛苦掙扎地爬動，最後讓手滑出了高臺邊緣——

「啊……！」

火焰中傳出她最後的叫聲——

「……唔！」

忍不住避開視線的我，耳朵只聽到希爾達漸漸遠去的慘叫聲。

聲音從450公尺高空往下、往下……掉落下去……

……接著……

四周恢復一片寂靜。

能夠聽到的——只有打在我們身上的雨水聲而已。

（希爾達……）

雖然是個惡女，但始終貫徹自我、個性崇高又美麗的敵人……

可是最後的一幕，卻是如此悲哀的下場。

妳就靜靜安息吧，回到黑暗之中——蝙蝠的住處。

「欽欽……」

理子纖弱的聲音傳來……

「剛才，欽欽要我『不要用』散彈槍，真的幫上大忙了……如果理子那時候使用的話……理子一定只會瞄準希爾達的身體跟腳部——然後失敗了。如果那樣的話，槍就會被她搶走，一切就玩完了……」

理子抱著槍，讓雨滴打在身上，抬頭望向天空。

「……這樣一來、理子……是不是就可以變成、真正的理子了呢……」

她恍惚的眼神已經失焦。

「打倒了弗拉德跟希爾達，變得……自由了。可是，到最後還是、沒有打倒欽欽跟亞莉亞呢……嘻嘻……甚至還互相合作了……」

在依然不失笑臉的理子身旁……

我單腳跪下後，輕輕抱住她的肩膀。

「別在意了……那樣就可以了，理子。『真正的自己』這種東西，是會隨著時間改變的。現在的理子不是孤單一人，是擁有同伴互相幫助的理子——這就是，現在真正的理子啊。」

「欽欽……」

「就是呀，理子。比起打倒某個人，出手相助還比較困難呢。」

在雷聲遠去之中，亞莉亞也……扶起了理子的身體。

「所以說——我也要來**拯救妳了**。」

我跟亞莉亞彼此使了一個眼色後，兩個人一起將理子的身體撐起來。

「——要走啦，理子。好好撐住啊！」

我們一起踏下階梯。

耳環炸裂之後已經過了十分鐘，不管我們怎麼呼喊，理子都不再回應——

但是，我們兩個人依然不斷呼喚著她的名字。

3彈　祕密的復健訓練

與華生及希爾達連續兩場戰鬥後的隔天早晨——

我在武偵病院ＩＣＵ（加護病房）前的走廊長椅上睜開眼睛。

窗外晴空萬里，看來昨夜的雨已經停了。

（全身……好痛啊……）

爆發模式下的我會發揮出肉體界限以上的力量，尤其像昨天我接連使出「櫻花」、「螺旋」跟「子彈回射」三招亂來的招式，身體會出毛病也是正常的吧。

我緩緩坐起身子，看到ＩＣＵ門上的「治療中」顯示燈依然未熄。

（理子……）

正當我忐忑地看著那盞指示燈的時候……

全身縮在旁邊長椅上睡覺的亞莉亞發出「咪啾」一聲像貓一樣的噴嚏聲，而且還被自己的噴嚏聲給吵醒了。

「……嗯……金次……理、理子呢？」

慌忙坐起身子的亞莉亞立刻發現「治療中」的指示燈，於是又沉默下來。

昨晚，在那之後——理子在到達第一觀景臺的時候就陷入心肺停止狀態了。

我將基本生命支持的工作交給亞莉亞，並利用機能復活的升降梯趕緊來到地面……透過公用電話求援後，直到車輛科的直升機到達天空樹，前後花了二十分鐘的時間。

心肺停止經過四小時而依然獲救的前例是存在的，所以不要放棄——我用強襲科時代學習到的這句話說服自己，並回到第一觀景臺——

——看到了華生正在為理子進行治療。

同時身兼醫師的華生利用自己為了要「裝死逃跑」而總是帶在身上的藥物讓理子暫時呈現假死狀態……而且萬萬想不到的是，跌落到第一觀景臺的希爾達居然也躺在一旁。就算全身被燒得那麼嚴重，還從一百公尺高空跌落下來……希爾達也依然活著。不過當然是處在一動也不動、何時斷氣也不奇怪的狀態。

在華生的指揮下，生命垂危的兩個人被送到了武偵醫院——

而我跟亞莉亞則是借了華生的保時捷，回到深夜的武偵高中。

亞莉亞持有國際駕照，不過她的駕駛風格有夠亂來。雖然我想那應該也是因為她在擔心理子而變得很著急的關係吧……

就在我回想著昨晚的經過時——「治療中」的指示燈熄滅了。

ＩＣＵ中擺放著無數的藥品以及治療器材，我跟亞莉亞戰戰兢兢地走了進去。

「……理子……！」

亞莉亞叫出聲音，奔向理子的床邊——

理子則是在床上坐起上半身。

雖然她看起來似乎意識還有點朦朧，不過……太好了，她得救了。

「理子！理子！……我還以為妳真的要死了呀！」

亞莉亞準備飛撲到理子身上，不過被身穿白衣的華生制止了。

環顧四周，治療室中除了我們之外沒有其他人影。

「……解毒成功了嗎，華生？」

「如果只有我一個人的話原本是不可能的，不過多虧救護科的矢常呂老師幫忙，才總算成功了。她真的是個天才，面對那種猛毒卻輕鬆搞定了。」

「矢常呂依琳老師啊，好像現在並不在場啊……？」

「是我請她稍微離席一下的，畢竟我們有些事情要私下講。」

華生將口罩拿下來後，因為徹夜的疲勞而深深嘆了一口氣。

於是我暫時走到病床邊，關心理子的狀況……

可是理子卻像是在躲避我一樣，「唰……」地把臉低下來。

「理子……？」

我本來以為她會因為獲救而歡喜的……現在是怎樣？

看到她那個樣子，我們互相沉默了一段時間後——理子她……

「——金次、亞莉亞……我感到……很羞愧。」

用裡理子的語調細聲呢喃。

「我受到希爾達的命令，欺騙了金次。而且還對亞莉亞見死不救。可是，你們這兩個老好人卻……保護了我。我當時欠了你們一筆人情，所以，當我用爆泡攻擊的時候……就下定決心要用我的命來還那份人情。我是真的打算以死贖還的，可是——現在卻這樣，繼續苟且偷生……」

理子的聲音中帶著悔恨的顫抖。

喂……拜託妳行不行……

理子的自尊到底是要高到什麼程度啊？

「……理子，妳真的很勇敢。」

聽完那番話的亞莉亞露出認真的表情說道：

「我原本以為，依妳的個性應該會說些『得救了耶，謝謝你們！』之類的話，然後把妳跟隨希爾達的那件事含混過去的。可是，妳現在卻老實地說出了自己的想法。這真的——是一件非常需要勇氣的事情。」

亞莉亞的紅紫色眼眸筆直地看著理子——

而理子則是稍微轉回頭，也看向亞莉亞……然後又害臊地把視線別開了。

「亞莉亞、金次……這份恩情，我一定會還……」

雖然她的聲音依然在顫抖……不過這次感覺是因為喜極而泣的樣子。

大概是聽到這句話讓亞莉亞突然變得害羞起來，於是她露出一臉困惑對我小聲說了一句「喂，你也說些什麼話呀」，所以我只好……

「啊──……哎呀，昨天的事情嘛……我也只是順著事態發展打了一場罷了。恩情什麼的，妳就別在意了吧。」

我照著我現在想得到的方式說完後，卻被亞莉亞擺出「就只有那樣而已呀！」的表情。

我、我也沒辦法啊，畢竟我現在不是處於爆發模式下呀。

怎麼可能對快要哭出來的女孩子說什麼好聽的話語啊。

現場沉默下來……而因為亞莉亞一直瞪著我，所以我只好勉為其難地──

「呃──保險起見我問一下，那些傢伙……應該沒有其他的吸血鬼同伴了吧？」

「……弗拉德的妻子已經病死了。吸血鬼也不是像漫畫上說的那樣靠咬人來增加數目的種族，所以他們就只有兩個人而已。」

「這樣啊，那……妳應該也放下心中的大石了吧？太好了。」

普通的我，就只能說出如此普通的話。

而聽到這句話的理子，輕輕點了一下頭。

「說得也是……我至今為止，心裡的某個角落都一直在介意弗拉德跟希爾達的事情。為了要逃出他們的手掌心，所以不斷戰鬥著。可是，現在那份目標沒了……我變得自由了……卻變得有點不安……」

「不安？」

「我不知道……接下來，應該要怎麼辦。」

「還真是奢侈的煩惱啊。妳就照著理子的本色，隨心所欲、自由自在地活下去就好啦。」

女孩子的煩惱諮詢這種事情，對我來說比東大考試還要困難啊。

因此我隨意說完這句話，而理子似乎喜歡這樣的氣氛……細聲笑了出來。

「說得也是。理子的本色……嗎？」

「是啊，那一定才是所謂的『理子要成為理子』啊，在真正的意義上。」

面對平凡的我說出的這句非常理所當然的話——

理子「嗯」地點了一下頭。

她保持著低頭的姿勢，不過……總覺得，她的臉頰……好像有點變紅了呢。

搞不好是因為蛇毒的後遺症，讓她開始發燒了。

再繼續讓她陪我說這些笨拙的對話也太可憐了。

反正亞莉亞也露出「馬馬虎虎啦」的表情了，我就在此撤退吧。

「那麼……多保重啦。」

我說完，準備轉過身子的時候……

「那麼，既然雙方已經和好了，我另外有一件事情要說。」

華生用力比出食指，用宛如黑曜石般的眼眸看向我們。

「事情……？」

「就是希爾達。」

喔喔，因為發生的事情太多而差點忘記了啊。

希爾達她……後來怎麼樣了？

「我話說在前頭，我是一名武偵，但同時也是一名醫生。戰鬥結束之後就應該要不分敵我。不做過度的攻擊，不論對方的人格、國籍或是人種，我全部都會進行治療。」

人種……

吸血鬼也算是人種嗎？

算了，反正希爾達也擁有人的外型嘛。

「所以我剛才將希爾達體內的霰彈槍子彈——總共107顆——全部都摘除出來了。雖然魔臟的機能不完全，不過她驚人的生命力還是讓她撐過這場手術了。縱使她無法動彈身體、毫無意識、必須要依靠機器輔助呼吸……但是她的生命也依然渴望活下去。雖然感到有些失禮，不過這就是我拍攝下來她現在的樣子。」

華生將數位相機拍攝下來的希爾達現況顯示給我們看。

雖然說是她自作自受，不過全身上下受到嚴重燙傷的希爾達……像木乃伊一樣包滿了繃帶，似乎骨折的手腳也打了石膏，看起來有夠可憐。

……話說回來，這種狀況下居然還能活著啊？真不愧是吸血鬼。

她的胸口上擺了一個十字架。仔細一看，上面貼著『Anti Ki-Barai-Kekkai area（反驅鬼結界）』的標籤。我是不太清楚詳細的狀況，不過似乎是為了讓希爾達可以在玉藻設置的結界中不受影響用的道具。

「另外，因為是第一次對魔臟這種東西進行縫合，所以我沒辦法發揮完美的技術……只好稍微切除了小部分的組織。But for me, all is fish that comes to net.（但是我不是個會白白失敗的人）。我發誓，會用那些組織做為材料，開發出阻止魔臟功能的藥物——吸血鬼抑制劑（Vampire Jammer）。」

華生。

妳說話很會拐彎抹角耶。

從剛剛開始妳到底想說什麼啊？

「不過……從日出之後，她的狀態就不斷在惡化。主要的原因是因為血液不足的關係。我在到達這裡的同時，也調查了一下希爾達的血型，結果是Klasies-river型的B

型，人類之中每一百七十萬人之中才有一人擁有這種血型，是非常稀有的。現在保存有那種血型血液的，全世界就只有新加坡的血液中心而已，調配過來也需要花上兩天的時間。但是……希爾達她，應該撐不過今天中午吧。」

……這樣啊……

雖然原本跟她打得你死我活的，可是現在一聽到對方生命垂危……就會有一種想要救救她的想法呢。

會有這種想法，看來我真的如希爾達所說的，是個老好人啊。

「不能想想辦法嗎？」

亞莉亞則是用比我還要老好人的語氣如此詢問華生。

「如果相同血型的人剛好在這附近的話，也不是說沒有辦法啦……」

華生說著……不知道為什麼，居然看向理子。

於是一直保持沉默的理子她——

「那血型跟理子是一樣的。弗拉德就是因為知道理子跟他們是相同血型，所以才會不願意對理子放手的。」

閉起眼睛、面無表情地說道。

（原來如此——所以弗拉德才會那樣死纏著理子啊？）

其實我從之前就一直對這一點感到很困惑。要說到擁有優秀基因的人類，這世上另外還有很多人。而且如果只是想要DNA的話，其實拿到一根頭髮就足夠了。

可是弗拉德卻只想要把理子安置在身邊。現在這個謎團終於解開了。

理子對弗拉德來說——不只是擁有優秀基因的人，同時也是擁有跟自己吸血鬼一族相同稀少血型的人。是個放在身邊一舉兩得的存在。

雖然希爾達似乎並不知道這件事情呢。

「其實……峰理子，我知道有關妳血型的事情，因為是矢常呂老師告訴我的——我是個醫生，即使是窮凶惡極的人，只要讓我看到對方命在旦夕，我就不能見死不救。因為生命是很可貴的。」

喂。

妳有臉說這種話啊，華生？

妳這傢伙，昨天不是還想要殺了我嗎？

「不過，理子，我不會強制要求妳捐血。雖然『戰役』的不成文規定是戰敗的人如果不是死……就是要成為敵人的手下，但是畢竟希爾達不一定會遵守這一點啊。」

原來在戰役之中……還有這種規定啊？

不過話說回來，希爾達這手下，治好之後該不會繼續死纏爛打吧？

我可沒辦法分心照顧那種暴力大小姐啊，一個亞莉亞已經夠讓我頭痛了。

「另外，希爾達曾經有一段時間在伊．U留學過，所以如果交涉順利的話，應該也可以讓她在神崎香苗小姐的法庭上出席吧？」

因為不知道理子會怎麼回答，讓華生眼神緊張地說著……

而理子則是沉默了一段時間後，瞄了一下亞莉亞……

接著把手臂伸到華生面前。

「——可以呀，就抽吧。」

聽到理子這麼說，讓亞莉亞想要出口稱讚，卻被滿臉通紅的理子用眼神制止了。

「我這——可不是想說什麼要報答亞莉亞的恩惠之類的。這是、那個……因為那種傢伙，根本連殺死她的價值都沒有呀。理子會殺的只有殺了有價值的對象。既然欽欽說什麼『不用報答什麼恩惠』，理子就真的什麼都不還給你們了喔。理子要當個『恩惠大盜』給你們看！」

看到理子別過頭去的樣子……

很好很好，已經變得像平常的理子了。

「說得也是，妳是個大盜嘛。Merci le Voleure.（謝謝妳，怪盜小姐。）」

亞莉亞莞爾一笑，用法語留下這句話後——將接下來的事情交給華生處理，而自己則是跟我一起走出了ＩＣＵ。

在耀眼的早晨陽光下，我們走回宿舍。

睡眠不足的亞莉亞跟我又是呵欠連連、又是步履蹣跚地互相撞來撞去。

「話說回來，理子她……雖然個頭很小，不過卻是個大人物啊。最後居然還救了希爾達。」

「那孩子本性是很善良的啦，而且多少還有容易受人情影響的個性。明明對自己很嚴格，可是卻對其他人很溫柔。」

既然妳察覺到的話，就學學人家行不行啊？亞莉亞。

尤其是「對其他人很溫柔」這個部分。

「——不過不管怎麼說，這是巴斯克維爾小隊的第一場勝利呢。雖然並沒有全員參加。」

「這麼說來也是。雖然過程中非常不順利啊。」

「沒關係啦，就算一開始不太順利，甚至在小隊裡面產生對立，但是在關鍵時刻就是會一同戰鬥的。這就是『小隊』的意義，而且『團結心』就是這樣培養的不是嗎？」

亞莉亞說著，將雙手插在腰上，像是要警告我一樣抬頭看過來。

「可是，不可以就此大意喔，金次。尤其你很容易會被理子色誘。理子她現在依然是把我們當對手的，搞不好會再度把槍口對準我們喔。」

容易被色誘……這部分雖然很令人不悅，不過因為犯有前科所以我也無從反駁。

而且，亞莉亞說的話也有道理。

畢竟理子是個隨自己心情在行動的人啊。

雖然昨天晚上我們互相合作了，但是誰也不知道何時會再度開打。

不過——這方面的事情，我多少也已經在心中做好一點整理了。

「哎呀……理子她變成敵人又變成同伴前前後後已經兩次了。人家說事情有二就有三。雖然我們剛才還在互相合作，不過如果有第三次的話……就再打一次吧。」

我一邊走著，一邊打著呵欠說道：

「如果又有第四次的話，到時候就合作吧。我們跟理子的關係不就是『感情好到可以吵架』的那種嗎？」

「呵呵，說得也是。那麼，你應該也沒意見了吧？就算今後也跟理子當隊友。」

「哎呀，也好啦。有那種讓人沒辦法掉以輕心的同伴不是也挺好的嗎？我至少還保有那種程度的度量。時而是朋友，時而是對手……只要是高中生，大家都應該至少會有一個這種關係的友人吧？」

「呵呵，這麼說也是。真棒呢，金次，你說得很好。」

「哎呀，雖然正常的狀況下是因為沒有『這個』所以就算當對手也很安全啦。」

我用手拍了一下掛在腰上的貝瑞塔。於是手肘就……澎。

撞到了因為想睡而步履蹣跚的亞莉亞的肩膀……咚。

結果從亞莉亞的上衣中掉出了一塊像布一樣的東西。

「……？」

「……？」

我們兩個人一起看向腳邊……

與其說是掉出一塊像布的東西，應該說根本就是掉出了一塊布。

一塊滿是破洞而破爛不堪、上面還很孩子氣地印著撲克牌花紋的布。

那塊布上面，還跑出幾根像繩子一樣的東西。

「——」

……這、這是……！

這不就是被希爾達用電鋸切得破破爛爛的、亞莉亞的、那個……內、內在美嗎！

猶如被蟲咬過一樣的集中托高型內衣，很不幸地在我剛剛的肘擊下壽終正寢——

斷裂之後，掉了下來。

缺乏起伏的胸部沒辦法勾住它，於是就像水流流在直立木板上的原理（？）一樣，從她的上衣中流了出來。

「～～～！」

劈哩劈哩劈哩！

一陣像希爾達放電時一樣的殺氣朝我湧來。

「……金……金……次……！你這、你這個、這個……大變態……！」

我戰戰兢兢抬起來的臉，有一種變成像黑白遺照一樣的錯覺。

而眼前變得比紅燈還要紅的亞莉亞小姐，正感到非常不悅呢。

「在、在、在這種大路上！在這種公共場合！你是在做什麼事情呀！」

唰！

宛如老鷹捕捉地上的野兔般，亞莉亞用手抓起連水餃墊都被看光的破內衣後……

……轟轟轟轟轟轟轟轟轟轟……

釋放出比希爾達的雷球還要可怕一千倍、像岩漿一樣的殺氣。

「不、不要誤會啊……！剛剛這個、不是我的錯！追根究柢是希爾達害的啊！」

「少說廢話——————開洞砲！發射準備！」

轉身——踏踏踏——

亞莉亞首先跑向面對我的相反方向。

這次的開洞……不、不太一樣喔！

居然還要**蓄力**啊！

亞莉亞拉出足夠的助跑距離後，凶神惡煞地轉身面對我。

然後，踏踏踏踏踏！用超過世界短跑紀錄的速度衝刺過來——碰！

「發射——————」

在距離我５ｍ遠的地方，扭動自己的身體並跳了起來。

這就是，開洞砲——將自己的身體做為砲彈所進行的頭槌攻擊……！

而現在的我只是普通的我。

當然沒辦法用「子彈回射」讓亞莉亞迴轉，只能呆呆站在原地。

宛如真的砲彈一樣一邊旋轉一邊飛向我的亞莉亞頭頂，逼進到我的臉前。

那景象就好像死前的慢動作畫面一樣……亞莉亞後方遠處的天空樹看起來很小棵，漸漸被劃著螺旋軌跡的雙馬尾覆蓋。

——救護科的各位。

等理子出院後……ＩＣＵ，可以接受下一個訂位嗎？

大概是因為地球暖化的關係，今年的颱風季來得早結束得也早。

也多虧如此，這個秋天晴日連連，可以好好享受秋季的豐收。

幾天後，學校食堂的食物也是——栗子、柿子、水梨，各式各樣都有。

（唯一沒有的，就是錢……嗎？）

不過，我現在卻吃著一塊厚實的牛排。

這是在一般科目的課程結束之後，華生把我叫到食堂然後請我吃的東西。

看來她似乎是想回應我在天空樹上對她抱怨的那句話。還真是個老實的傢伙。

我是第一次吃到這個……不過還真好吃啊，學校食堂的牛排。

今天沒吃午餐反而幫上忙了。

雖然我不知道是誰說過的，不過有句話叫「飢餓是最棒的調味料」。

再加上因為已經是三點了，四周都沒有其他學生。既安靜，又舒適。

「……妳也吃點東西啊。」

我對在眼前只喝著紅茶的華生這麼說完後，

「午餐我已經在中午吃過了。」

「既然妳不在意的話就算了……不過吃著這麼好吃的東西卻有個人在眼前只喝茶，感覺像是在做壞事啊。」

「這是一種習慣，你不需要在意。英國的貴族是會遵守下午茶時間的，就算是在戰爭中也一樣。」

「可是亞莉亞她似乎都是在想喝的時候喝自己想喝的東西啊。」

「……亞莉亞應該是因為在福爾摩斯家沒有受過什麼貴族教育吧？」

華生身上穿著男生制服，優雅地用學校的茶杯喝著茶。

「跟亞莉亞的婚約……我已經放棄了。而且我也把華生家的狀況大致上對她說過了。」

「她沒生氣嗎？」

「『不出我所料』，她是這麼說的。不過表情也看起來似乎有點放心下來了。」

「真像亞莉亞的作風。」

我喝了一口自助的白開水，暫事休息。

「不過，那個……關於我是個……」

華生她明明四周都沒人卻紅著臉確認周圍，然後小聲接著說了「女的」兩個字。

「……的事情，我沒對她說。我說不出口。因為實在太丟臉了……」

「我覺得那樣做是對的。如果妳告訴她的話，搞不好她會因為腦袋混亂而亂開槍啊。」

接著，因為華生扭扭捏捏地什麼話都不說……所以我試著改變話題。

「理子已經沒事了嗎？我看她今天似乎若無其事地跑來上課了。」

「……救護科的老師也掛保證了。她全身上下都經過嚴密檢查，確認已經完全恢復健康了。要擔心的反而是……希爾達那邊。」

「怎麼了？狀況惡化了嗎？」

「不，意識已經恢復了，身體也慢慢在轉好。」

「那麼，是在大吵大鬧嗎？」

「剛好相反。雖然一開始確實一下又是想要爬出病床逃跑、一下又是想要咬護士之類的，搞得雞飛狗跳……不過當她聽說自己是因為理子而獲救之後，就突然安分下來了。變得一句話也不說，就只是一臉呆滯──一直在思考著什麼事情。」

「……哎呀，如果她逃跑的話就跟我說吧。下次我開戰車去把她抓回來。」

開了一下玩笑後，我從座位上站了起來。

在天空樹上發生的一連串事情——包括希爾達引發的那場停電在內，全都被媒體報導成「落雷意外」了。我是不太了解媒體的動向啦，不過，大概是因為亞莉亞也被牽扯在內的關係，所以外務省又有什麼動作了吧？

為了進行文化祭的準備，學校今天縮減了上課時間。

除了「變裝食堂」之外沒有其他工作的我吃完稍微晚了點的午餐後，就讓華生開車送我回宿舍了。

總覺得肚子吃飽了，就會有一種源源不絕的力量湧上來呢。

不過因為我沒參加什麼社團，所以也沒對象可以發洩就是了。

「我說……遠山，你真的只要那份午餐就可以了嗎？」

華生一邊開車一邊詢問我。

「……你在說什麼？」

「那個……你根本就沒有對我進行什麼報復行動啊。明明我之前那麼陰險地陷害你，可是你只要這樣就夠了嗎？」

「別在意啦，畢竟妳是女的吧？對女性報復什麼的，不是男生該做的事情。」

我隨便這樣說說之後，華生就莫名其妙地變得臉紅了。

嗯……剛剛那樣回答不對嗎？

真是的，我就是搞不懂對女性要說什麼話才是對的啊。

「不過……你有在恨我吧？」

「並沒有。把能量花費在怨恨痛苦之類的，是人生中最浪費的事情啊。」

我把副駕駛座的靠背稍微往後傾倒，然後打了一個呵欠。

講實話，「報復」什麼的真的太麻煩了。

那種事情交給狂怒爆發的我就夠了，就讓現在的我發動「無視技能」吧。

「不行……不行啊，遠山。做些復仇的事情吧，不然我會過意不去的。」

……還真是麻煩的傢伙……

「啊——……只有食物的怨念要另外算啦，不過那也在剛剛已經一筆勾銷了。」

「不行不行！讓我付出什麼代價吧，至少要到雙方公平為止！」

華生的臉變得更紅，用力搖著頭。

唔唔，這個任性的女人。

而且不要給我在那邊大鬧啦，妳身體一動，就會有一種肉桂的香氣飄出來，很討厭啊。

「……那妳說，我要怎麼做？」

我無可奈何地問她。

「怎麼做都行，要用繩子把我綁起來打我也行。或者說至少拜託你做到那種程度啊。」

………

「啊——……妳啊……該不會其實是有什麼奇怪的癖好吧……？」

「奇怪的癖好……？……！你、你、你在胡說什麼啊！這個變態！我、我、我怎麼可能去想那種下流的事情！不可能！不可能！」

「不、不要掐我脖子、還有、不要放開方向盤啊！」

在橫衝直撞的保時捷上感受著性命的危機下……

我在車內好不容易才讓大吵大鬧的華生恢復駕駛了。

華生在一個奇怪的地方停下車，跟我說了一句「下車吧」。因此我姑且走下了車子……

漫天飛舞的楓葉後方，可以看到選修科目大樓。

這是一種集合了美術教室、音樂教室、書法教室之類教室的建築物，對於毫無藝術品味的武偵高中學生來說是個沒什麼人氣、總是杳無人煙的地方。

而今天也是一樣，在華生的帶領下來到的大廳中一個人影都沒有。

「到這種地方來做什麼啊？」

「那個……遠山，或許這樣說會讓你覺得我是個厚顏無恥的人……不過……我對你有個請求。」

「請求？」

我歪了一下頭之後，華生又再一次對無人的四周左顧右盼了一番——

「我希望你能保密。」

她滿臉通紅，還雙手合十，一副對我祈禱的樣子。

「保什麼密啊？」

「就是我……是個女孩子的事情，我希望你不要對任何人說……！」

華生一臉拚命地抬頭看著我，烏溜溜的眼睛還變得有點溼潤。

「啊——……」

就是因為這樣，所以才會那麼堅持要付出什麼代價啊？

簡單講，當封口費就是了。

既然這樣就直說嘛，不要在那邊說什麼「公平」還是什麼的表面話啊。

（我也沒有要到處宣傳的意思啦……）

不過，看到她這樣畏畏縮縮的樣子……就讓人有一種想欺負一下的感覺呢。

「唔，讓我考慮看看。」

我裝出若有所思的樣子，於是華生的背脊顫抖了一下。

接著用力揮動著她合十的手。

「Please、Please，拜託你不要說出去啊！我總有一天會對學校的大家攤牌的，只是，現在還太快了啊……！我還沒做好行動得像個女孩子一樣的準備呀！」

慌張的華生……連普通狀態的我都發現了。

——果然很可愛啊。

而且，還是至今為止在我周圍沒有出現過的類型。

因為她個性上男孩子氣，所以就算討厭女性的我也能輕鬆對話。

搞不好……這傢伙意外地是個危險的存在呢。

「……」

有點小鹿亂撞的我沉默了一段時間後，華生突然露出嚴肅的表情，轉身過去。

從大廳跑向停在路邊的保時捷。

然後從行李箱中拿出了一個大紙袋，再度跑回我身邊。

她抓住了我的手之後，

「喂、喂，妳要去那裡啊？」

拉著開口詢問的我，不發一語地奔向二樓——美術器材室。

被華生拖進的器材室裡放著各種素描用的石膏像以及大大小小的畫板，當然，裡頭是一個人都沒有。

在窗簾緊閉的昏暗房間中……喀嚓。

華生把出入口的滑門上鎖了。

「喂……！」

搞、搞什麼？

華生她突然脫起外套，還把手指放到領帶上，開始脫起來了啊。

而且，轉身背對我之後，連腰帶都抽掉，還脫起鞋子來了。

「轉、轉向那邊去啦。」

華生這麼說完後，

「——」

拉鍊一放，就用力把褲子都脫掉了呢！

因為在這之前都一直當她是男的，所以我一時大意，反應晚了一步。

雖然我立刻轉身背對她，不過……還是看到了一下下。

純、純白色的小褲褲。

華生我說妳啊，那裡應該是要穿四角褲之類的才對吧！

哎呀怎麼說，那個、下半身的構造上——我知道穿那個會比較服貼啦，可是妳呀，既然是轉裝生的話就給我做徹底一點啊！

（該、該死……！）

在我的腦海裡，她的小蠻腰下穿著純白小褲褲的畫像被烙印下來啦。

那個帶有圓滑曲線、左右對稱、像白桃一樣的——臀部形狀。

那確實是只有女性才可能會有的曲線。

不不不，金次啊——現在不是去分析的時候啊！

（必須要盡快脫逃才行……！）

就在我勉強自己回過神來後，慌張地飛奔到門前時，咻！喳！

一把塗黑的廓爾喀刀從我背後飛來，插到了門鎖上。超危險的！

「——不要逃！我、我也是有想逃跑的心情啊！」

「那就讓我逃啊！華生妳到底、想、想搞什麼鬼啊！」

我「喀嚓喀嚓」地扳動門鎖，可是卻已經壞了，打不開。

於是我抱著祈禱的心情將額頭靠在門上，確認自己的血流。

不、不妙，太危險了。感覺已經到黃色警戒了。

我拖動深深烙印下來的畫像，想辦法要把內在美的事情忘掉——可是剛才同時看到的大腿畫面卻跟著閃過腦海。

那果然也是女性的腳啊。

真不愧是體脂肪率27％，外型纖細卻讓人感覺似乎很柔軟，帶有水嫩的光彩……

肌膚也像絲絹般細緻、像牛奶般白皙。

不過、不過……！

冷靜下來，金次。大腿算什麼，仔細想想，武偵高中的女生每個不都是狂露大腿的嗎？

不可怕、不可怕，嗯……不可怕啊……

就在我對自己進行自我暗示的時候，傳來華生的聲音。

「轉過來吧，遠山。」

「——別說笑了！我拒絕！」

「不轉過來我就開槍！」

「……！」

爆發模式——雖然我差點就進入了，可是還沒進入啊。

如果現在開打的話我可吃不消。

「……唔……」

我只好戰戰兢兢地在門前轉身回去……

「……」

碰！

接著往後一退，結果背部撞到門上了。

明明叫我轉過身去，可是華生卻還是背對著我。不過——

她已經連襯衫都脫了，正在拆除隱藏胸部起伏用的繃帶。

那水嫩嫩的背部畫面又追加到我的畫像資料夾中了。

白瓷般的肌膚散發出一種貴族氣息，像漫畫場景一樣閃閃發光。

「我的父親——為了讓我以男性的身分活下去，所以一直以來都對我嚴格訓練。還是小孩子的時候，只要稍微有一點像女孩子的動作就會挨打。」

面對啞口無言的我，華生背對著我說道。

「所以說，我也讓自己忘記自己是身為女性的事情了。可是……十三、十四歲的時候開始……每當我看到描寫戀愛情節的小說或電影時，都會對女性的角色投射感情……讓我感受到，我自己果然還是一名女性。」

華生維持著背對我的姿勢，從她腳邊的紙袋中……

拿出了一件純白的內在美，放到自己胸口上。

「嗯……嗯……！」

大概是不習慣吧，為了扣上背部的小扣子而花了不少時間。

「……我憧憬著像女性的一面，於是也做過隱瞞父親、在鏡子前做出女性動作的事情。可是……我卻做不到。因為每當我做出女性般的動作，幼年期的心靈創傷就會閃過腦海。我感到很害怕啊，對於要自己表現得像個女孩子的事情……」

穿好貼身衣物的華生深呼吸了一下——

接著像是下定決心般，轉身面對這邊。

「……………！」

——女——的。果然是女的。

因為華生毫無警戒心地調整罩杯的關係，於是讓我像是在確認般看到了……那雙撐起薄薄的布料、稍微有點上翹的胸部。

不算太大也不算太小，形狀左右對稱，外型也是美麗的碗公型。

不像亞莉亞那麼平坦，不過也不會像白雪那麼大。

是很適合女高中生該有的大小。

而那就像寶石一般發出耀眼的光芒。

從那酥胸往下——經過可愛的肚臍然後到下半身，身體上毫無多餘的一塊肉。手腳也是外型纖細，全身的構造非常平均。

是個非常適合美術教室、宛如素描模特兒般的身材。給人一種健康美標準典範般的感覺，不會有下流的感受。

大概就是因為這樣，明明就爆發模式上的意義來說應該很危險的——可是卻沒有像是被理子或白雪襲擊時的恐懼感。而且她的髮型又是像男孩子一樣的短髮。

感覺好像……還可以自我克制嘛。加油啊，我……！

「初次見面……這樣講可以嗎？這就是真正的我。我從來沒有以女性的身分站在任何人的面前過，你是第一個。」

華生自己大概也在緊張吧，她的肌膚——微微地暈染了一層粉紅色。

不過，她雖然很有男子氣概地（雖然是個女的）堂堂露出穿內衣的樣子，可是也沒有再向我靠近。

很好，拜託妳就此打住吧。

「既然你打算要把我是女性的事情向大家公布的話——看來我也必須要快點讓自己變得像個女孩子才行了。」

「……？」

「我之所以沒辦法表現得像個女性，是因為精神上的心靈創傷所造成的。所以說，我要用休克療法來克服它。而這件事就交給你執行吧，藉由這個行為，也可以當作是對你的補償。」

「休克療法……？那是指什麼？」

「所以說……就是、你要讓我、明白自己是個女的啊。要讓我痛切地感受到自己是個女孩子——的事情……我、我是個貴族啊，所以沒辦法用太直接的方式表現，不過……就是最能夠把我當女人的行為啦……來、來吧！」

……？

……？

我、我不懂……！

「事到如今，我也做好覺悟了。我要恢復成女性。為了達到這個目的……我必須要用自己的身體感受到自己是個女性的事情才行啊。所以說，你來……讓我、成為一名女性吧！」

「什麼叫讓妳成為一名女性啊……，妳本來就是個女的了吧……！」

「你沒在聽我說話嗎？」

「我有在聽啦！不就在妳眼前聽了嗎！」

我一心希望她能快點解放我，而有點火大地這麼說完——

於是華生緊閉起覆盆子色的雙唇，僵住一臉嚴肅的表情。

「遠山……你該不會是、在顧慮我的感情吧？那就……不要在意了。雖然在這種時間點這樣說很糟糕……不過，那天晚上，我感受到了……如果是你的話——沒關係。我覺得你很好啊。」

突然間，感受到華生的聲音中蘊含著女性誘惑般的氣息——讓我不知所措。

我、我有哪裡好啊？

我們明明又是開槍又是互毆的說。

「就算你不知道詳細該怎麼做，我想到途中為止都應該可以靠本能做到吧。詳細的東西交給我就行了，我有從醫學書上讀過，所以知識方面是有的。」

意、意義不明啊。

可以讓華生變得像女性的休克療法，而且是可以當作對我賠償的事情。

她似乎是要我對她做那種可以一舉兩得的行為，可是……

從她露出肌膚的情況，以及話語中的內容來推斷——這應該是一種醫學行為——但是我並不是醫生啊。

「怎麼啦，遠山？明明是個男的，卻感到害怕了嗎？」

「不、不是、與其說是害怕……我根本搞不清楚狀況。妳、妳到底在講什麼啊？」

「你、你搞不懂？都做到這個地步了……！」

華生讓她感覺強勢的雙眼皮眼睛撐得斗大。

「我只給你、只因為是你……所以才露出這身姿態的。做到這樣，你還是沒有自覺嗎？」

「……」

看到無話可說的我，華生無奈地深深嘆了一口氣。

「日本似乎有句諺語叫『現成的飯菜不吃，為男人之恥』，但是……你這男人何止是現成的飯菜，就算被人 Say ah（來，啊——）了也不會吃啊。難怪就算你跟那麼多女性有那些八卦流言，可是卻沒有跟任何一個發展關係啊。」

少管閒事。

我這邊可是有病（爆發）的人啊。

跟女孩子發展什麼關係哪受得了？

「那麼，就不要做休克療法了……改做復健訓練吧。」

「復健訓練……？」

就在我還一頭霧水的時候，話題的發展方向就改變了呢。

「對，要正名的話……我的『女孩子訓練』就拿你來做，而你也是一副需要『男孩子訓練』的樣子——所以就拿我來做就行了。值得慶幸的是我們彼此是異性，所以可以互相進行復健訓練。不過做為交換條件，在復健訓練結束之前，我是女孩子的事情就拜託你保密，可以嗎？」

什麼可不可以，我本來就沒有要到處講的打算了啊……這時，華生從紙袋中拿出了她在「變裝食堂」時要使用的水手服。

太好了，看來她願意把衣服穿上了。

這裡就配合她一下吧。

「說、說得也是，那就用復健訓練的方式吧。」

我暫且點點頭後，華生把水手服穿上了。

「還好我想說進行休克療法的時候可能會用到，所以把它帶來了。」

接著把裙子也穿上。

太好啦。

看來今天最大的難關已經勉強度過了呢。

「從今以後我們偶爾抽個時間到這裡來，我做『女孩子訓練』，然後你做『男孩子訓練』。我想，我們雖然是異性，不過應該彼此也**很合得來**吧。但是，這件事情也要當成我們兩個人的祕密喔。」

華生用力豎起指頭，向我逼近……

雖然她是個外觀男孩子氣的美少女，不過只要她穿上衣服——果然，對我而言也比較不會有抵抗的感覺。

誠如她本人所說，因為她的舉止談吐都**不像個女孩子**。

在「女子力賽馬」中，她比輸給白雪與理子十匹馬身長的亞莉亞跑得還要更後面。就像是個穿著水手服的美少年，讓我有一種面對同性友人的輕鬆感覺。

確實，在眾多女孩子之中，她應該是屬於**很合我**的類型吧。

在顧慮到爆發模式的安全性方面來說。

「哎呀，我是多少可以理解——妳所謂的**很合**是什麼意思啦。不過，說是訓練，又要怎麼做呢？」

「我想想……那麼，遠山，現在開始，這裡是春天的草原。」

「蛤？」

她在……說什麼鬼話啊？

「你看，那裡開了一朵蒲公英呢。真漂亮，啊哈哈。」

華生像是在演舞台劇一樣伸手指向地板。

不知道是不是錯覺，總覺得那笑容很像個女孩子呢。雖然是很幼稚的那一型。

「妳……妳頭殼壞掉了嗎，華生？」

當我擔心地關心她一句後，

華生一記犀利的短鉤拳就打到我的下顎上。碰！

「頭殼壞掉的是你啦！這是角色扮演，你是個武偵就至少要察覺這點吧！在這裡我是個女孩子，而你就要像個男孩子一樣對待我啊！」

「女孩子才不會使出那種毫無預警的鉤拳啦！再說，什麼叫『像個男孩子一樣』啊——妳說我該怎麼做，教教我啊！」

「咦？」

「什麼『咦？』啦！要角色扮演我是不介意，可是妳也要舉個例子啊。」

所謂的角色扮演——就是由複數人根據特定的設定情景分配角色，然後模擬真正遇到那個狀況時的對應訓練。

簡單講就是一種像**扮家家酒**一樣的東西，不過如果在潛入搜查任務之前進行這個訓練，效果卻意外地很好。

因此，這東西在偵探科、諜報科以及特殊搜查研究科甚至會被安排為必修科目。

「所以我說、那個……就是說，要像一對男女一樣自然地對應啊。」

「我不會在自然狀態下跟女孩子兩個人獨處啦。所以妳到底要我做什麼？要訓練是可以，但是妳至少提出個方向吧？」

「所以，我就是說——要你像個男孩子，對我這個女孩子……好好疼愛一番啊！」

「疼愛一番……還真是模稜兩可啊……」

「你不疼愛我我就生氣囉！」

滿臉通紅的華生看起來早就已經在生氣了。真是個愛發怒的傢伙。

不過我在之前的戰鬥中也知道了，這傢伙擅長拳擊。

而且還是不輸職業級的強度。

就算她雙手空空也不能輕忽大意。還是即興演一下，別惹她生氣比較好。

「那……就不要用草原吧，太唐突了。要在室內做出室外動作太難了。」

「說得也是。那麼，就設定這裡是在我的房間中吧。」

「我是不介意啦，不過我可不知道妳房間的構造喔。」

「大致上想像一下就好了。這裡有張書桌，然後這裡是衣櫥。椅子只有一張，所以像是祖母來的時候——就兩個人將就著坐在床上了。這個就當作床吧。遠山，來吧，坐到我旁邊。」

說著，華生就坐到了堆在地上六十公分高的大畫板上。

「……」

妳啊……還真的是一直以來都活得像個男的啊。

這是什麼鬼設定？

就算說是角色扮演，可是一個女孩子居然讓男孩子進到自己房間，而且還兩個人坐到床上。

妳根本就沒有注意到事情有多嚴重吧？

「這樣就行了嗎？」

話雖如此，不過我也不想被她揍，所以只好無可奈何地坐到她旁邊了。

畫板發出「嘰」的一聲，感覺就好像真的坐到床上一樣。

聽到這個聲音的華生——突然露出驚覺事態的表情。

大概是從聲音聯想到這個狀況，察覺到自己做了錯誤設定的樣子。

「……唔。」

原本還稍微雙腳開開的華生趕緊闔上膝蓋，做出防衛性的動作把自己的裙襬塞到大腿下。

接著握住畫板的邊緣，全身僵硬，連話都不說了……

「……」

而找不到話題的我也只能保持沉默。

這一點非常不好。

……因為太真實了。

我雖然沒有過這樣的體驗，不過——如果在現實中一對男女在女孩子的房間裡變成這種狀況的話，大概兩個人也都只能沉默了吧？

「遠、遠山，說些什麼啊。要自然地、像個男孩子一樣。」

華生明明到剛才還主導著現場的狀況，結果一到困境就把問題全丟給我了。

我因為那種不負責任的態度感到火大，

「……我說妳啊，不要老是叫別人做，妳自己說話也要像個女孩子一點啊。」

於是對眼前這個從剛才就完全沒在角色扮演的華生提出注意事項。

「像、像個女孩子？那……第一人稱該怎麼辦？說『人家』對我來說還太難了啊。」

「……那妳就用『我』就可以了，畢竟也確實有那樣的女孩子。」（註2）

「在床上，跟、跟男孩子坐在一起，然後要像個女孩子……嗎……」

華生像是在自我暗示一樣嘀嘀咕咕地自言自語後……

註2　原文中，華生習慣使用的第一人稱為「ボク」，通常是男性才會使用的第一人稱。

全身從下到上漸漸發紅，紅到連室內昏暗下的我也可以清楚知道。

而且還開始盜汗了。

「……遠山，你、你說些、什麼話嘛。」

果然還是在害怕嗎？華生一邊顫抖一邊像個女孩子一樣說話……

不知道是不是因為說話方式的關係，她的樣子突然看起來像個女性。不，她本來就是個女的啊。

（……不妙……）

我不應該多嘴的。

一旦覺得她是個女的，我就突然覺得她意外地很可愛。這傢伙……不太妙啊。

雖然現在是在角色扮演，所以她這樣做是正確的。可是這下子真的就像是跟女孩子坐在床上了呢。

「……就、就算妳要我說話，我也沒話可說啊……」

「那、那你是到我房間來做什麼的呀……」

「妳怎麼問我？是、是妳叫我來的啊……」

「什、什麼話呀。不要說得好像我是個寡廉鮮恥的女孩子呀，這、這樣很害羞的！」

華生飄動瀏海低下頭，緊緊閉上眼睛。而從她身上——

微微散發出一股肉桂的香味。

（這、這樣很糟啦……！）

我是不知道那是不是什麼化妝水的味道，不過聞起來很香啊。

而且，正因為那味道跟亞莉亞的梔子花、白雪的桃子、理子的香草或是蕾姬的薄荷不一樣，不太像是女孩子的味道，所以我太大意了。結果剛才不小心吸進了一大口。

噗通……地一聲，我體內的血流擦碰到危險值邊緣了。

話說，我到現在才發現，似乎我對女孩子的香氣很沒抵抗力呢。看來我的嗅覺異於常人，難道我是狗嗎？

「雖然還有點早，不過……我們就在這邊**來打**吧。」

我——我這個——大白痴啊！

為什麼要在這裡說錯啊！而且還是個致命的錯誤！

我原本是因為想說華生看起來不太舒服，而且我也快要爆發了，所以為了要結束這場角色扮演而想要說「就在這邊**打住**」的……「就在這邊來打」是什麼啊！

——是要打什麼！

華生露出如此疑問的表情猛然抬頭，結果跟著急的我四目相交了。

兩個人慌張地移動身體，卻造成原本就堆得很不安定的畫板「碰磅！」一聲，往後倒下。

「呀！」

華生發出像女孩子一樣的叫聲後，跌了下去。

「哇喔……！」

而我為了不要跟畫板或是跌倒的華生相撞，順勢把手往前一伸。

結果我戳破了好幾張畫布，身體陷得比預想的還要深。

「！」

「……！」

為什麼變成這樣……！

我抱住了華生的頭部，而她則是抱緊了我的身體。

看來，我們兩個人都實踐了在強襲科學過的「快要跌倒時應採取的動作」了。

在我的手臂中，翻起眼眸直直看著我的華生，真的很……

真的、很……

……

「──呵呵──」

可愛到讓我忍不住莞爾一笑呢──

真是可愛的小貓。

「『做出最能夠把我當女人的行為』──華生，妳剛剛確實是這麼說的吧？」

「……！沒、沒關係。就算你現在想要轉換成休克療法……我一路來都是做為一名男性活過來的，至少膽量很夠！你要做什麼、都沒關係……」

「那麼——就這麼辦吧。」

面對眼神跟說話語氣都**突然改變**的我——

華生緊緊閉上眼睛，彷彿在說夢話般呢喃著：「要、要變成男人女人了、要變成男人女人了……」

哈哈。現在的妳，看起來很像個女孩子喔。

「啊啊、啊啊，心臟不停跳，都快要從嘴巴跳出來了……！我要變成……女孩子了……要變成……遠山的女人了……！」

華生不知所措地嘀咕著，而我則是將她輕輕地抱了起來。

「——L．華生，讓我教你一件事情吧。」

「……？」

被我再度放回畫板床上坐好的華生，烏溜溜的眼睛露出訝異的神情。

而我從畫板上走下來後，

「最能夠把妳當女人的行為——那就是，**要溫柔對待妳的意思啊**。」

對她露出微笑。

接著，模仿電影中看過的西方禮節——緩緩跪下。

「雖然Ｌ提出非常有魅力的邀請，可是我不可以對膽怯的女性做出粗暴的行為。」

華生聽到我突然用名字叫她『Ｌ』——

於是露出彷彿可以聽到她心跳聲怦然一跳般的表情。

正確來說，我確實聽到了。用我**爆發模式**下的耳朵。

「太、太失禮了！我才沒有膽怯呢！」

華生站到我的眼前，而我在誠知失禮下瞻仰了一下她的膝蓋……

抖得讓我忍不住苦笑呢。

果然，妳在勉強自己啊。

「今天就到此為止吧。所謂的復健訓練是要階段性進行的，如果一下子就做太困難的事情，對彼此的身體都不好。」

「可是，那樣的話我對你的償還不就……」

「Ｌ，妳比一旁的那尊女神像還要美麗啊。」

「……你、你突然、在說、什麼……啊……！不要愚弄我……！」

「——妳看我的眼神，像是在愚弄妳嗎？Ｌ真的很美麗。」

我對華生露出真摯的眼神，於是她壓住自己的胸口嚇了一跳。

「我、我很……美、美麗……？那種話、我有生以來第一次聽到……」

「Ｌ讓我欣賞到妳那美麗的姿態，那已經足以做為償還了。」

我裝作若無其事地觸碰華生的肩膀，為了讓她冷靜下來而輕輕撫摸她的頭。

從華生的胸口聽到的那個——「啾、啾」的聲音，到底是什麼？

看來女性的身體還是有很多就算是爆發模式下的我也不知道的事情呢。

「妳對我說：『要做什麼都可以』——我真的很開心。」

不斷說著交雜讚美、感激與謝意的話語，讓女性不要有一刻空閒可以思考——這就是爆發模式的特徵之一。

感覺就像是靠著本能做出這種事情的，看來我還真是個前途不堪設想的人啊。

「……你、你很……開心、啊……那太好了……」

華生終於慢慢開始進入結束復健訓練的氣氛……

她拿起剛才脫掉的男生制服，於是我也靜靜地轉身背對她。

「今、今天就到此為止。今後只要你有時間的話，就把我叫出來做復健吧。不管是放學後還是上課中途休息時間都行，場所的話只要不會被人看到的地方就可以。如果你覺得你能辦到的話……要從復健訓練轉換成休克療法也沒關係喔。」

聽到華生到最後還是在逞強，我不禁苦笑著回應她「了解、了解」。

等到現場的氣氛稍微冷靜下來之後——

「還有，遠山……我為了不要破壞氣氛，所以本來就打算要留到最後再說的……關於『極東戰役（FEW）』——」

聽到那個單字，讓我的眼神銳利起來。

——極東戰役。

在世界的檯面下進行的——「師團」與「眷屬」之間不可見光的戰爭。

現在要談那件事情嗎？

「——今後的戰爭會變得很嚴峻喔。因為你自己選擇了『師團』這條荊棘載途啊。」

一開始還想腳底抹油的我……

似乎也已經變得無法從這場戰爭中脫身了。

因為我打倒「眷屬」要角希爾達這件事已經是既成事實了。

「……我已經很習慣走荊棘載途啦。」

我做出覺悟般回應她後——

華生停下正在穿衣服的雙手，稍微頓了一下。

「自由石匠的本部——總會所也已經做出決議，要加入『師團』了。所以從今以後，我也會成為你的同伴。」

「那真是太可靠了。」

我從以前就在想——我們需要一個醫療系的武偵同伴。

畢竟，我們經常在受傷啊。

——醫療系的武偵分為救護武偵與衛生武偵兩種，而東京武偵高中則是各自由救護科與衛生科負責培訓。

救護科所學的是在武偵病院中為傷患治療的醫學，而衛生科則是要學習在任務現場為武偵進行救助與緊急處理的技術……要打個比喻的話，救護科的學生就像是醫生或護士，而衛生科的學生則是像急救隊員或醫務兵的角色。

衛生武偵只要遇到同伴倒下的狀況，就算是槍戰現場也必須要親自跳進去，因此非常需要高度的戰鬥技術——不過如果是華生來當，就無可挑剔了。

但是……

「但是，武偵高中的小隊登記已經結束了，要讓L加入『巴斯克維爾』很困難。我想妳也應該知道，國際武偵聯盟的規矩是很一板一眼的。一旦完成登記，如果沒有因為殉職或卸任而造成缺人的話是不能更換名單的。L的狀況必須要用委託的方式，可是衛生武偵的酬勞很貴——」

「——我已經收到酬勞啦。」

「……？」

「我回收了希爾達的翅膀，而且還拿到了魔臟組織。這兩樣都是對魔武裝的一級素材。如果這些東西願意讓給我的話，我可以跟你們簽訂一年份的契約。」

那些東西對我來說沒什麼用處，既然華生只要那些東西當酬勞的話……

我就恭敬不如從命，請她助我們一臂之力吧。

「既然這樣，那我就拜託妳了。請妳今後成為巴斯克維爾小隊的衛生武偵吧。」

「——我接受了。那麼，我之後會將契約書寄到巴斯克維爾小隊去。另外還有……在治療希爾達的過程中，我另外回收了一樣東西。那個她藏在身上的東西。」

華生說著，然後戳了一下我的肩膀。於是我轉過身去——

換回男生制服的華生手上拿著一個小盒子。

「啪」一聲打開盒子後，我看到裡面裝的是——一顆小寶石。

看起來像是紅寶石……不過顏色是很深的緋色。

「這是結晶化的『殼金』——七個當中的一個。我想玉藻應該很快就會回來了，到時候就請她幫忙把這個放回亞莉亞的體內吧。」

——殼金。

那是可以阻絕緋緋色金與人心連結的外殼。

當中已經有兩個回到亞莉亞的胸中了，所以只要再拿回四個……

亞莉亞就可以不用變成像玉藻說過的那種可怕存在了。

可是，剩下的四個都被「眷屬」的那些人拿走了。

無論如何——都一定要把它們全部拿回來才行啊。

4彈　文化祭　第一天

過了幾天之後——十月三十日。

今年的武偵高中文化祭開幕了。

走出宿舍，成為行人專區的學園島道路上可以看到校外人士來來往往。

道路兩旁到處擺設著攤販，就連強襲科和尋問科都以很和平的姿態對外開放了。

（……哎呀，見不得光的東西都藏到地下去了嘛。）

在文化祭的準備期間中，武偵高中會進行設施內部的裝飾變更以及大掃除。

這是因為當天多少會有一些媒體來採訪，而且也是為了不要讓有意前來就讀武偵高中的那些奇特中小學生以及他們的家長們留下壞印象的關係。

不過，這些麻煩的工作是一年級生負責的。

畢竟武偵高中的上下關係就跟軍隊一樣嚴格啊。

甚至還有這樣的說法來形容……一年級的奴隸、二年級的鬼以及三年級的閻王。

而我去年的時候也是，在強襲科中撿彈殼撿到累得半死啊。

（文化祭總共有兩天……今年的任務就只有今天的變裝食堂而已，明天應該就可以好好放輕鬆了吧。）

我在專門校區中閒逛，欣賞著到處張貼的文化祭海報。

這些海報是由武偵高中的學生們投稿的東西。

當中有油畫風格的作品、動漫風格的插畫、硬派的電腦圖像等等數十種類型。

（每一幅都做得不錯呢……）

所有的海報上都附加了一組編號，可以藉由手機進行票選比賽。

說到這個比賽，當我從貞德那邊聽到這個消息的時候真是嚇壞我了。

『雖然我知道我投稿就一定會獲勝，不過還是來畫一張吧。』

那個貞德畫伯，當時說著這種話而且還一臉充滿創作慾望的樣子。

『既然知道一定會贏還故意出場，這樣太沒風度了啦。』

所以我就像這樣千方百計下好不容易才阻止她了——真是有夠驚險的。

如果那個畫圖霹靂無敵爛的貞德公開她的作品，結果造成來賓們精神創傷的話，可是會鬧上法庭的啊。

沒錯，我在暗地裡完成了身為武偵的工作——「防範意外於未然」的工作了呢。

（這件事……如果向教務科報告的話，至少可以拿個一學分吧？）

我認真地思考著這樣的事情，走在祭典氣氛洋溢的校園內。

車輛科的停機棚中開放讓來賓可以坐進直升機的駕駛艙，因此聚集了很多小孩子。

狙擊科的空氣槍打靶攤以及超能力搜查研究科（ＳＳＲ）的占卜博物館也非常有人氣。

以「專業機關也自愧不如」而聞名的特殊搜查研究科（ＣＶＲ）是表演音樂劇，當日售票區前面甚至出現了大排長龍的人群。畢竟ＣＶＲ是美少女雲集啊，就算票價貴得嚇死人也一樣賣得很好呢。

學生食堂中平日都會被學生們灑得滿地食渣，不過也在今天早上為了「變裝食堂」的活動而被清掃得閃閃發光。

「變裝食堂」這個活動的目的是對外展示校內學生的潛入搜查能力，只要活動成功的話，聽說教務科還會幫參與的學生在校內成績上多加點分數。

對於我這個學分總是低空飛過的問題學生來說，這是一份值得全力以赴的工作。

但是……

「歡迎光臨！」

在女孩子們的招待聲背後……

我則是被負責評定變裝成果的蘭豹命令到廚房去工作了。

「哪裡會有眼神那麼陰沉的條子啊！」

她告訴我評分的理由，還賞了我一顆拳頭——我完全沒辦法接受啊。

眼神這種東西是與生俱來的吧？怎麼可能連這種地方都變裝啊，死蘭豹。

我之前從情報科的友人那邊聽到一個小道消息……聽說妳在交友網站上有申請帳號，暱稱居然還是什麼『蘭蘭』。小心我去把這些事情公諸於世啊。而且自我介紹的興趣欄位裡填的好像還是「閱讀」什麼的，可是除了吃角子老虎機攻略本還有八卦雜誌以外，我根本沒見過妳在讀什麼書啊。另外我還聽說妳連年齡都胡謅成十八歲咧。

因為她就只有那張臉看起來像個美人，搞不好真的會有被這隻女猩猩騙去約會的受害者出現也不一定。看我替天行道把事情全都爆料出來好了。

……確實很陰沉的我像這樣抱著滿肚子的怨念攪拌著濃湯。而在我旁邊揮動著中華鍋的則是……

「火不夠大啊！」

明明穿著消防隊的衣服卻嚷嚷著這種話的武藤。

這傢伙也是被蘭豹用「消防隊員可是賭上性命的工作啊！哪有像你這種吊兒郎當的傢伙！」這種理由而踹飛了將近三公尺遠。

話說回來，既然需要有人在廚房工作的話，根本就沒有全員變裝的必要了不是嗎？

做事太沒計畫性了吧，這間學校。

不斷製作著充滿怨恨與辛勞的濃湯及義大利麵，過了一個小時。

排班表上負責下午部分的酒店小姐——平賀同學來到食堂後，被蘭豹像抓貓一樣抓起來，空投到廚房來了。

平賀同學的表情滿是失望，而且她的腳還彎曲到原本不可能會彎曲的方向。大概是被蘭豹賞了一記「阿基里斯腱固定技」吧？咱們的暴力教師連對待女孩子也毫不客氣啊。

「拜託，平賀——跟妳一比較起來，其他人都變得像話多啦！至少把身高給我加高一點啊！」

「哎呀！哎呀呀！」

蘭豹嘴上說著強人所難的話，把平賀同學一把丟進空的水桶鍋中，然後轉頭看向我跟武藤。

「話說回來，廚房只要兩個人就夠啦。老娘想想，要讓哪個出去外面招待……」

我趁著武藤抓住平賀同學的閃亮亮裙子將她從鍋子裡拉出來的時候，

「老師，我……不，本官已經在廚房中徹底反省，眼神也已經變得**炯炯有神**了。」

交雜著蘭豹的帳號暱稱小聲對她提議。（註3）

註3　「炯炯有神」在日文中為らんらん，正好與蘭豹的暱稱「蘭蘭」同音。

於是，原本把臉轉向武藤的蘭豹瞬間僵住了。

簡直就像是被按下「暫停撥放」按鈕一樣，連那一大撮馬尾都定格了。

「……」

嘴巴扭成「ㄟ」形的蘭豹轉回頭，額頭上冒出斗大的汗滴。

她的臉上露出像是在說「雖然沒有證據，不過難道……遠山知道老娘的祕密了嗎……？」的焦急表情。

做、做得好！就差一步了，這邊應該要再改變一下話題。

「順──順道一提，本官家中有一名十九歲的兄長，雖然個性嚴肅，不過外表美型。」

立正站好的我說完這句話後，那個似乎在自我介紹欄位上寫說『喜歡的類型是硬漢』的蘭豹──依然死守著身為教師的尊嚴，不改「ㄟ」形的嘴巴……

可是嘴角卻開心地往上翹起，讓整張嘴變成「W」形了。

看起來就像是真的豹在微笑一樣啊。

哎呀，其實妳早就已經見過大哥一次了呢，雖然是女人裝扮的大哥。

「老娘想想……畢竟武藤跟平賀是同一個小隊的，一起合作完成料理應該比較好吧。好，遠山！你去接客！」

──成功啦！把大哥搬出來做微妙的犧牲，成功在這隻母豹眼前度過難關啦。

於是，我對看著我然後一臉摸不著頭緒的武藤與平賀同學敬完禮……

好不容易從這個名譽不佳的廚房中逃脫出來了。

——當我穿著警官制服來到大廳，便看到眼前是宛如颱風肆虐般的忙碌景象。

變裝食堂的活動甚至把餐桌椅展開到庭院裡，讓穿著各種服裝的二年級生到處穿梭的混沌領域向外擴張。

（……嗚……）

在大廳接待客人的話，就算不願意也會看到女孩子啊。看來這裡也是充滿我不擅長的難關呢。

女孩子的衣服穿得也比較華麗，讓現場飄散著一種宛如角色扮演咖啡廳一樣的氣氛。

男性客人們雖然看起來很樂在其中……不過那是因為他們根本不知道那群武偵婆娘們平常有多危險吧？

如果只是讓她們以服務生的身分接待的話，確實單純地就像穿著角色扮演服裝的女高中生在提供餐點而已。對普通的男性而言，這應該是個很愉快的活動吧？

可是如果那群女孩子一旦被敵人雇用的話，她們可是會提供給你子彈跟ＴＮＴ炸彈啊。

而且還是已經點火的。

（……這就叫「不知道的人最幸福」吧……）

我一邊想著這種感想，一邊端著炒飯或是可樂等等到處奔波，與一些平時有交情的人擦身而過。

穿著飛行員制服而化身為師奶偶像的不知火。

穿著化學研究所職員的白色實驗衣並端上哈密瓜汽水、對客人露出微妙表情的蕾姬。

把看起來很柔軟的胸部勉強塞進賽車女郎服中，顯得很不知檢點的中空知則是……不太妙啊，感覺根本沒辦法好好完成工作。

首先，她明明應該有戴上隱形眼鏡的，可是卻不斷在撞牆撞桌子。

複述點菜內容的時候也是之前聽過的那種「中空知講話法」，跟我對上眼睛的時候還莫名其妙變得滿臉通紅、明明周圍只有她一個人，卻可以把那雙意外修長的腳打結在一起，當場跌倒。

而且跌倒的時候還莫名其妙把在手上的端盤用力砸在自己臉上呢。

總覺得這件事情似乎是我的錯，再加上她看起來真的很不擅長從事這種工作的樣子……

於是我只好上前把中空知扶起來，想說要讓她去休息而把她帶到大廳外面。

大廳的聯外道路為了要做到無障礙空間的關係，地上有三合板鋪設而成的斜坡。

……嗚嗚，我說中空知啊。

因為剛剛跌倒的關係，妳身上那件超級迷你的短裙已經往上位移到非常危險的高度了喔。

我雖然想要提醒她，可是到時候搞不好會讓我不小心瞄到她那雙不知檢點的豐腴大腿，所以想說也說不出口啊。

於是我獨自一個人緊張害怕地把中空知帶到大廳看不到的角落後……

「圓、圓山同學……我、我服務生的工作、一直在出錯……真的很對不起！我、我是個、笨手笨腳又手腳遲鈍又沒用的、笨烏龜！烏龜、笨烏龜呀！」

她用手壓著一頭長髮嚶嚶啜泣，可是確實就是如她自己所講的一樣，所以我也無從否認。

這個人，大概除了通訊員之外就只能做圖書股長的工作了吧？突然要她穿上賽車女郎的裝扮做服務生的工作，這難度實在太高了。

雖然我有想過讓她到廚房去，把那可憐的消防員解放出來。可是中空知似乎在男性客人之間莫名地很有人氣，所以我也很難向蘭豹提出建議。

不過話說回來，這次的變裝食堂活動會在文化祭結束後由教務科進行評分——

而那個結果若是不良的話，在規定上是連帶責任，會讓全體參加同仁的校內成績

都掉分的啊。

也就是說，如果有人失敗的話，連我的評價都會受到影響。這必須要想想辦法才行。

「妳別在意了，注意不要讓蘭豹發現，好好休息吧。我會連妳的份一起完成的。」

就在我為了自己的利益而把中空知拖向休息室的方向時……

「嘿嘿！真不愧是一級豎旗工人的欽欽呢！小空空路線攻略中呀！」

聽到了理子指著我們嚷嚷的聲音。她靠著自己擅長的變裝技術徹底變成了「西部拓荒劇中的槍手」，明明嚴重遲到卻獲得蘭豹異常高分的評價。

看她真的像個美國人一樣用大拇指指著別人，真不愧是講究細節的理子啊。

理子她──自從出院之後，就恢復成以往的理子，很正常地到學校來上課了。

面對我們時的態度也恢復她原本的樣子……就好像天空樹上發生的那場決戰打從一開始就沒發生過一樣。

哎呀，雖然理子是個老是在惹麻煩的傢伙，可是如果她不在的話也是會讓人感到寂寞呢。

她恢復精神是很讓人高興啦，可是……

「不過欽欽同時也是專業折旗人呀，所以對理子來說超放心呢！」

「妳給我說中文啦，而且妳是在蹺什麼班啊！中空知不適合做服務生，所以讓她休息一下，空缺就由我們來填補啦。」

「ＯＫ——別看小空空這個樣子，她可是意外地很會算計呢。還是讓她跟欽欽分開一點比較保險。喔——喔——妳那是想表現笨手腳女孩的魅力演出嗎？」

理子不懷好意地笑著，比了比中空知往上移動的裙子。

「峰、峰、峰同學！這是那個、不是那樣的、並不是什麼算計呀！不、不過，如果這樣做可以讓遠山同學同學的……好感、好感度、增加的話！聲音清楚呀！」

中空知慌張地離開我身邊，把她上移的緊身迷你裙恢復原位。

中空知啊，妳既然有發現的話，為什麼不早點把它穿好啦？

妳可是害我一直把視線往上移喔，因為太危險了。

「可是呀可是呀，欽欽，你還是先從亞莉亞開始攻略吧——理子可是在為欽欽與亞莉亞加油的呦！所以欽欽你還是跟理子還有小空空保持單純的肉體關係就好吧。

Baaang！」

「……啊……？」

理子瞇起她的雙眼皮眼睛，用食指對著我做出射擊的動作……

……轟轟轟轟轟轟……

這時，伴隨著一股梔子花的香氣，我感受到背後有一種宛如岩漿般的氣魄——

「……」

幾乎已經看到結局的本官，視野忽然旋轉了一百八十度。

而且是**上下旋轉**。

因為我被某個人抓住腰帶跟衣襟，然後全身被倒轉了過來。

「你這個——色鬼金次！肉、肉、肉體關係是什麼意思！居然不只是理子，連通信科的女孩子都……你、你在做什麼呀！你現在該做的，應該是服務生的工作啦！」

不出所料——

從背後把我抱住並且上下倒轉的人，正是小學生裝扮的亞莉亞小妹妹。

「不……我什麼都——」

「吼啊？」

亞莉亞發出小母獅生氣時會發出的叫聲後，唰！

抱著我凌空一躍——

「——開洞落地摔！」

碰磅！

我的頭被整顆插進了三合板製成的斜坡中。連頭上的警察帽一起。

雖然因為木板很薄，讓我免於一死。不過……

妳是在給我出什麼大絕招啊，這也是巴流術嗎？

喔喔——小四的女孩子對警官使出頭部坐擊（Piledriver）啦！這只有在武偵高中

才見得到呢！

遠、遠、遠同學被！山、山、山同學被！被、被摔得倒立了！倒立的斷頭臺了！

理子跟中空知的聲音……

……模模糊糊地傳到我的耳朵。從地面上。

我好不容易把頭拔出來後，全身趴在地上抬頭一看——

「……！」

結果這個姿勢變成是我從斜下方仰望著亞莉亞的小孩短裙了。

就好像警官本來應該要逮捕的變態狂一樣。

「——」

完全就像小學生一樣的纖細小腳腳上方——不、不妙！

這角度非常糟！

如果頭部再往下移個一公分的話，根據眼前所看到的景象，搞不好會讓我感受到足以變成爆發模式的血流啊……！

「你……你這個男人……！在這種狀況下居然……！」

轟隆……！

亞莉亞似乎以為我心裡在想的是「噢耶——看到啦（笑）」之類的，於是太陽穴青筋暴露。

「喔喔！亞莉亞小妹妹八歲！被看光光啦！」

「——小四是十歲啦！」

「碰——這是滑鐵盧之戰呀！欽欽快把頭低下來！」

理子用力一跳——

「唔！」

把她穿著丹寧布短裙的腰跨坐到我的背上來了。

被她的體重一壓，讓我的頭跟著身體一起往下位移。

我知道了，理子這傢伙。妳是想要讓我習慣爆發模式對吧。

為了今後與「眷屬」之間的戰爭做準備。

（哪能讓妳得逞……！）

要是現在爆發的話，可是會發生比戰爭還要悽慘的意外啊。搞不好會在一旁的那間無人休息室裡上演「三人一起上的爆發無雙」也不一定。那樣會連無辜的中空知都被拖下水變成犧牲者啊。

於是我採取防禦姿態——

把臉低下來，不要看到亞莉亞的雙腳間縫隙。

可是，理子卻利用駱駝氏固定技（Camel Clutch）的訣竅，雙手抓住我的下巴往上一拉。太、太強了，讓人不禁讚嘆中國武術的博大精深。

而完全變成「會被看到」角度的亞莉亞則是——

「開洞記憶破壞！」

——舉起她的腳狠狠踩了下來。

（——）

上帝是存在的。

亞莉亞舉起的腳上所穿的鞋子，猶如受到上帝加持般維持奇蹟似的角度——把她的裙底風光——唯獨雙腳之間的部分，從我的視線前遮蓋住了。

——太好啦。

這樣就可以不用變成爆發模式了……！

上帝啊，我可能很快就會到祢的身邊報到了。到時候請讓我對祢表達感謝之意。

雖然吃了亞莉亞的開洞連續技，結果我也只是失去意識三分鐘之後就醒來了。我一面感謝著自己的體耐力，一面重新戴好警帽，回到服務生的工作崗位。

不過，仔細想想，我的這份體耐力最主要也是因為亞莉亞的粗野暴力而培養出來的啊。

還是取消感謝好了。

「大家注意喔，跟著老師走——」

身穿女教師裝扮的白雪以溫柔的口吻引領著一群小學生集團。

這是因為那群小孩子原本在變裝食堂的入口附近嬉鬧，造成了其他客人的困擾。

於是負責在門口結帳的亞莉亞想要把他們帶到店內，結果卻被他們當作是同伴而拉扯她的那對雙馬尾，害她當場跌倒。最後就由負責當店長的白雪前來幫忙了……

（……她對小孩子的接待方式還真是熟練啊……）

剛才還一團混亂的小學生們，現在居然排好隊伍跟著白雪走向座位了呢。

真不愧是六人姊妹的長女，一看就覺得她未來會是個賢妻良母啊。

完成點餐作業後，白雪從大廳來到後臺，

「來了很多客人呢，要加把勁衝刺囉！耶、耶、喔——」

對著我們這群身心疲憊的角色扮演集團如此說道。

於是大家也在她的鼓舞下，跟著舉起拳頭「喔——」了一聲。

蕾姬博士雖然依舊面無表情，不過居然也跟著做了呢。這畫面我還是第一次看到。

而且白雪還很有效率地教導大家每個座位的客人現在應該要如何對應，所以大家也變得比較好行動了。

簡直就是救世主。

「妳還真有領導能力啊……」

看著白雪把工作的優先順序寫在白板上的樣子，我不禁感嘆。

我說妳啊，能不能以後由妳來當巴斯克維爾小隊的隊長啊？我已經沒自信了說。

「別這樣說……」

聽到我說話的白雪老師慌張地扶正了裝飾用眼鏡。

「畢竟我因為有學生會的工作而遲來了呀，所以要彌補工作分量才行。」

接著，她表現出一副莫名開心的樣子走到我面前，幫我把階級徽章與領帶整理了一下。

「武偵當中多半是不適合從事接待業的傢伙，我本來以為會被教務科扣很多分數的……多虧妳，才挽回了局面啊。」

「……被、被小金稱讚了……」

白雪「嘩……」地露出陶醉的表情，滿臉通紅……

「我、我會努力為小金立下汗馬功勞的，連同沒用小孩的份一起。好啦，親愛的，請小心上路喔。」

幫我扶正警帽的白雪，在說到「小孩」的時候還瞪了亞莉亞一眼。

而正在一邊「滋——」地吸著哈密瓜汽水一邊休息的亞莉亞也是……嘴巴含著吸管，眼睛對付著白雪的視線攻擊呢。

接著還用力咬著吸管瞪向我的方向了。

妳、妳搞什麼啊？為什麼要對我噴出殺氣啊？

而且還跟以往不太一樣，居然只是露出一臉似乎有點著急的表情瞪著我而已。有話想說就說啊，那反應一點都不像亞莉亞。

「來吧，亞莉亞也到了該去上學的時間了喔。有沒有忘記帶東西？」

面對語氣像是在誇耀自己勝利般的白雪，亞莉亞丟下一句「沒有，我走了。」就把臉別開了。

還走到同樣是要回去大廳的我身邊，故意用力踩了一下我的腳。

這、這哪招？為什麼我誇獎白雪一下妳就要生氣啊？

而且那體罰方法還很陰險，總覺得跟她至今為止的生氣方式不太一樣。

難道妳的腦袋安裝了什麼新的軟體嗎？拜託妳立刻刪除吧。

就在明明有話想說卻又不說的奇怪亞莉亞三不五時地狠瞪下……

我好不容易熬到五點鐘排班結束的時間了。

看了一下前幾天新買的手機，發現華生寄來的郵件說：「今天不做復健訓練嗎？」。而我回想起之前在她面前變成爆發模式時的那件事，不禁滿肚子鬱悶，於是決定要徹底無視這封郵件了。

更重要的是，我今天又是用「本官」這種第一人稱講話、又是每幫客人點完一次餐就要敬禮一次，早就為了這些不習慣的行為而累得半死了。

還是快點回去吃點東西洗完澡，早早睡成爛泥比較好。

而就在我走向員工休息室的時候……

「遠山。」

從狹窄到幾乎可以說是個人房的第四休息室中，隔著一扇門傳來呼叫我的聲音。

「貞德嗎？」

「沒錯，是我。你進來。」

「……妳應該有穿衣服吧？」

貞德不知道為什麼居然不開門，於是我保險起見問了她一聲。

「你是笨蛋嗎？當然是有穿衣服了。只是……關於這套衣服，我想找你商量一下。」

而她這樣回答我，於是我疑惑地歪著頭走進休息室中。

在房間裡——看到貞德穿著『@home Cafeteria』那件滿是荷葉邊而輕飄飄的服務生制服……

她坐著折疊椅，埋頭趴在桌子上。

在那個很像女僕裝扮的髮箍底下，我看到她閃亮銀髮縫隙下的耳朵……

好像紅通通的呢。

「妳怎麼了啊？我記得妳的班表應該是負責晚班的吧？」

「沒錯。」

貞德依舊把臉埋在雙手中回答我。

「那差不多要出場了吧？」

「那個我也知道。」

「那妳就去啊。妳不是很中意那套衣服嗎？」

雖然那是我之前在一個偶然的機會下看到的……

不過畢竟貞德她可是自己就有收藏那套服務生制服了啊。

「沒、沒錯。可是、我果然還是……一想到要穿著這套衣服現身在別人面前，就變得害羞起來了。」

「那也沒辦法吧。這本來就是那樣的活動，我也是覺得很害羞啊。」

「不要把我跟你相提並論！」

猛然把頭抬起來的貞德，她的臉通紅到可以跟亞莉亞有得比。

雖然因為她是血統純正的白人，所以與其說是紅色還不如說是粉紅。

她的表情看起來似乎想要把某種無處宣洩的負面感情爆發在我身上，所以不希望被她做成冷凍奶油焗烤的我只好——

「好啦好啦，我知道了。然後呢？為什麼要把我叫到休息室來？」

安撫著她的情緒，接受她的商量。

「說說你的感想。我的這身裝扮，你應該之前也看過了吧。你覺得如何？」

「我那時候也說過吧？很可愛啦，別擔心。」

「真的嗎？」

「真的啦，警官不會撒謊。」

「再說一次。」

「說什麼？」

「說可愛啊。我其實很沒有自信。我、我其實……像這種衣服，只要自己一個人穿來欣賞就好了。尤其是這一套，是我所有衣服中最中意的一套。而服務生的工作也是，其實一直都很想嘗試一次看看的。可是，這衣服……如、如果像我這種高個子的女生穿出去的話，一定會被嘲笑、被愚弄、被人砸石頭啊。」

我多少能理解了……

其實貞德是屬於某種「在家英雄、在外狗熊」的人吧？

明明自己一個人的時候就可以像那樣大演時裝秀，而且面對已經看過一次的我就可以表現得沒那麼害羞了說。

「才沒那種事，拿出自信吧。真的很可愛啦。來，出去吧。」

「說得不夠真誠！」

貞德站起身子揮動她那對輕飄飄的袖子。

看來這傢伙也是個夠麻煩的人呢。

就在我感到渾身無力的時候，貞德露出求救般的眼神逼近我面前。
那件輕飄飄的裙子像是要壓到我身上來一樣緊貼住我。
「其實……是網球社的學妹們，似乎有打算要來看我啊。我該怎麼辦？」
喔喔……
原來是這麼一回事。
——武偵高中有一種稍嫌、不、非常封建性質的校風。
因此上級生對待下級生會比較嚴格，而且也必須要堅守自己的面子才行。
利用這樣的方式可以清楚建立起彼此的上下關係。這對於順利進行搜查或戰鬥工作上是一種必要行為，而在警察或自衛隊團體裡也有類似的文化存在。
所以貞德應該是非常害怕自己會被學妹們嘲笑吧？
「沒有人會嘲笑妳的啦。萬一真的有哪個一年級生敢嘲笑妳的話，我就幫妳去教訓她。來吧，只剩十五分鐘了喔。」
說著，我看了手錶一眼——
而貞德也看了一下她戴在手腕內側的鑲寶石閃亮亮手錶。
「嗚、嗚嗚，已經到這個時間啦？」
「別那麼慌張啦，那樣一點都不像貞德啊。沒問題的，本官向妳保證。去吧。」
我拍打她的肩膀為她打氣——

結果四周居然飛散出小型的冰晶了。

這是哪招？迷你鑽石冰塵嗎？

看來她情緒激動的時候就會變出這招啊，真是一項大發現。

「——遠山！你有抽籤抽到這套衣服所應負的責任。要是我被嘲笑的話，我就把你做成人類樹冰。」

嘴上說著這種話，可是貞德依然不願意自己走出房間。

「不要反過來生我的氣。而且什麼叫做人類樹冰啊！」

「就是用人類做成的樹冰啊。居然連這麼簡單的話都聽不懂，你是笨蛋嗎？」

「……會問妳這種問題的我確實是個笨蛋。來，走啦。Follow me 啦。」

說著，我死拖活拉地好不容易把貞德從休息室中拉出來後——

「貞德學姊！」「貞德小姐——」「等妳好久了呢！」

在門口突然就遇上四、五名一年級的女孩子了。

看來應該是聽到貞德的聲音而聚集到這裡來的網球社學妹們。

「嗚嗚。」

貞德似乎還沒做好心理準備，結果自己變成像人類樹冰一樣僵住了。

而本警官還來不及使出「那邊的一年級生，敢笑的話本官就逮捕妳們」的眼神——

那群女孩子就一擁而上，

「「呀——好可愛喔——」」

雙眼露出閃亮亮的星星了。

呀——呀——

好可愛！好可愛喔——

心花怒放的女孩子們根本無視我的存在，圍住了身穿服務生裝扮的貞德。

「可、可、可愛……？」

看到驚慌失措地顫抖著玫瑰色嘴脣的貞德……

女孩子們又再度發出尖叫聲，大喊連環可愛歡呼。

「不、不是的，這是因為——抽到籤所以沒辦法、不得已才穿上的——我知道我不適合穿這種衣服，但是在明明知道不適合的情況下……！」

面對語無倫次的貞德，學妹們則是「才沒那種事呢！好可愛！」「貞德學姊穿什麼都很適合的！好可愛！」「學姊是女神大人呀！好可愛！」這般不斷稱讚著她。

「嗚……嗚嗚……！」

於是貞德她——

因為實在感到太害羞，拚命飄動著視線。

而她那樣的反應，又引來一年級女生們的連環可愛歡呼了。

倒是我說妳們啊……難道除了「可愛」之外沒其他形容詞了嗎？

我看到那群一年級生在窗邊圍繞著貞德歡呼尖叫的情景——

（話說回來，受到仰慕的程度還真是厲害啊……）

內心不禁感到有點欽佩了。

說到白雪也是一樣，她們都擁有一種會受到學弟妹們仰慕的特質。這對於或許未來總有一天會需要帶領部下的武偵來說，是一種極為重要的能力。到了二年級以後，還會有一項稱為『領導能力・長官適性』的項目會在學期末接受評分……我想貞德應該會拿到滿分吧？

她個性雖然看似冷酷，但是絕對不會在學弟妹面前擺架子或是無理找碴，而且外表又是個在男女之間都受到歡迎的美人，雖然有點天然呆不過卻又博學……就算看在同級生眼裡，她也是個值得依賴的存在。

話說我之前還聽傳聞說，貞德在一年級生之間的人氣似乎以女子網球社做為起點，已經將勢力圈擴展到情報科、通信科、鑑識科、偵探科等等團體了。

雖然前一陣子好像被華生挖走了部分範圍，不過我想以她現在這個樣子，應該很快就能收復失土了吧？

（貞德似乎擁有某種能吸引眾人的力量啊……可能是遺傳自她的老祖宗吧……）

順道一提，亞莉亞雖然也在強襲科中受到一年級生的尊敬，不過那是指能力方面而不是人格方面。畢竟她似乎對學弟妹的態度很嚴格啊。

而理子嘛，那傢伙不用說了。她根本是跟學弟妹站在同一層級上玩成一片。

蕾姬也是個根本不用談的例子。

我想今後就以貞德跟白雪做為範本，然後把其他人當作負面教材來觀察吧。

因為我真的很沒有群眾吸引力啊，而且說到學弟妹我也只認識風魔而已。

（總之……看來我可以免於被做成人類樹冰了。）

就在我感到鬆了一口氣的時候——

意外發生了。

在學妹們的稱讚奉承下，因為各種複雜感情而似乎變得難以招架的貞德就……

「……！」

輕飄飄的裙子一翻，居然臨陣逃跑了！

而且還是從窗戶……

「喂、喂……！」

因為這裡是一樓，所以應該是不會受傷才對。可是如果出現脫逃者（無故缺席者）的話，「變裝食堂」的活動本身就會遭到大幅扣分了。

如果因為這樣讓教務科判定活動不成功的話，可是會大吃蘭豹的「反鎖強力摔（Body Slam）」直到內臟從嘴裡噴出的啊。而且是全員連坐罰，包括我在內。

我趕緊飛奔到窗邊一看，便看到貞德雙手遮著紅到快噴火的臉，一路衝向中庭去了。

結果還因為沒注意前方路面的關係，居然把藥草田裡的稻草人撞倒了。

「學姊！您往哪兒去？」「請讓我拍張照片呀！」「變裝食堂，我一定會去捧場的！」

我推開集體湧到窗邊的一年級生──

從逃生口奔向中庭，追趕貞德。

一旦想到要賭上自己的內臟，人類總是可以發揮超乎平時的追蹤能力──

所以我很快就發現貞德藏匿的場所了。

或者應該說，我看到中庭附近的倉庫小屋前有一隻上面裝飾了蝴蝶結的鞋子。妳是灰姑娘嗎？

於是我做出彷彿是追捕到犯人下落的警官一樣的動作，悄悄地把臉靠近木製的牆壁。

「……」

抱著不惜與銀冰魔女對決的覺悟（畢竟事關我的內臟安危啊），從木板上的隙縫窺視屋內。

從這個角度看到了側對著我的貞德坐在一張木椅上——

「呵、呵呵呵呵……」

雙手放在紅通通的臉頰上，露出至今從未見過的可愛表情。

一張她這個年齡的女孩子應該會有的——光是看到就會讓人感到幸福的笑臉。

（……她果然還是很開心嘛。）

因為貞德本來的容貌就像好萊塢女演員一樣成熟穩重，所以現在這樣的表情讓人感到很新奇呢。

甚至會讓我覺得第一次看到她私底下真正的樣子。

「……可愛、可愛、嗎……！穿服務生制服的我、很可愛……嗎……！」

貞德像是在用心享受那股幸福的感覺般低著頭，一頭銀髮垂在她的耳邊……坐在椅子上，伸直了她的雙腳……像在打水般輕輕擺動。

（……）

總覺得，我繼續偷窺的話不太好。

而且她那對被身上的衣服強調出來的胸部，在擺動的雙腳帶動下激烈晃動，讓我感到一種危險的感覺。

（哎呀，至少應該是不用擔心她逃亡了……）

我苦笑了一下，轉身背對倉庫。

這點就跟華生一樣……

或許是因為她從小身為不輸男人的女騎士——貞德·達魯克的後代而受到教育長大，所以貞德她在心中的某個角落似乎一廂情願地認為『自己不像是個女性』。

不過，女孩子終究是個女孩子。

其實她也是希望能夠在別人眼前表現出自己像個女孩子的一面，所以一直很煩惱吧？

而藉由這次的變裝食堂活動，貞德實現了這個願望，終於認知到自己的想法是錯誤了。

今後她應該可以一點一滴地慢慢將她至今隱藏起來的一面表現出來了吧？

所謂「學校」這種地方……雖然乍看之下似乎總是在舉辦一些沒有意義的活動，不過實際上是可以幫助學生漸漸成長的呢。至少，這些活動可以提供這樣的機緣。

（——哎呀，雖然在一般學校才比較會有這種機會啦。）

看了一下手錶，離貞德的班表時間還有大約七、八分鐘。

貞德啊。

妳就在這邊稍微再享受一下那份喜悅，然後好好去完成妳夢寐以求的服務生工作吧。

——要好好加油喔？

畢竟妳剛到武偵高中來的時候，甚至連「飲料吧」是什麼都不知道啊。

我好不容易換回武偵高中的男生制服後，在夕陽下步上歸途。

因為文化祭期間公車不會營運，所以我徒步走回宿舍。就在途中……

「遠山家的。」

從戰鬥訓練用的廢棄大樓中，傳來呼叫我的聲音。

因為這地方就像真的戰場一樣而有礙觀瞻，所以現在是用塑膠布遮蓋起來、禁止人員出入的……

不過這個聲音，我似乎聽過呢。

就是那個有著狐狸耳朵——事實上真的是狐狸變成的妖怪還是什麼的——隸屬「師團」的同伴，玉藻。

「玉藻，妳回來啦？什麼時候不挑，居然挑在這種日子。」

我說著，然後翻開藍色的塑膠布走進廢棄大樓……

大樓的一樓牆壁是布滿彈孔的裸露水泥。

而且從破裂窗戶吹進來的風掀起了細小的灰塵。

飛塵在四周照進室內的光線照耀下，看起來就像是聚光燈照射一樣。

「——今天是『友引』，是增加同伴的好日子啊。」（註4）

玉藻的聲音從大樓深處傳來，於是我踏著地上的碎玻璃及彈殼走了進去。

「我說妳啊，今天可是連電視臺的人都有來喔。要是妳被抓去當成『珍獸獵人』節目的題材我可不管啊。」

我一邊說著，一邊抬頭尋找。在高處的橫向鋼筋上……找到了。

那個穿著武偵高中袖珍尺寸水手服的玉藻。

「咱也不願被人民因為好奇心而拉扯咱的耳朵啊。所以說，看看這個。咱可是穿著看起來像此處學徒的服裝呀。」

在光柱照射下的玉藻雖然這樣說……

可是她頭上就算戴了一頂像寶寶帽的荷葉邊帽子，帽子上卻很明顯地有兩個像狐狸耳朵形狀的突起啊。

這樣也沒問題嗎？

「言歸正傳，遠山家的，咱耳聞說汝似乎打倒希爾達了呢。做得很好。」

玉藻從鋼筋上像隻動物般敏捷地一躍而下。

註4　「友引」是日本舊曆中「六曜」的其中之一。現代的「六曜」分別為「先勝、友引、先負、仏滅、大安、赤口」，六天一個循環，類似於新曆中的一週七天。因為六曜帶有吉凶運勢的意涵，所以在現代也依然受到日本人的重視，甚至會被標示在日曆或筆記本的行事曆上。

而那個動作讓我從她的裙子底下看到了尾巴依然存在。

她果然還是沒辦法把它弄不見呢。如果說出來的話應該會惹她生氣，所以我閉嘴了。

「妳居然知道了啊？聽誰說的？」

「從自由石匠的長老那兒聽來的。因為對方在聯絡咱要加入『師團』的同時，請求咱讓俘虜——希爾達進到驅鬼結界而不會受到詛咒殺死啊。」

自由石匠……

原來如此，在打倒希爾達之後華生立刻就進行聯絡，所以讓這件事情間接傳到她那邊去的啊。

玉藻走近終於了解狀況的我面前……「咻」地伸出雙手。

「……妳幹麼？我可沒麥芽糖給妳吃喔。」

「誰在跟汝說這個。咱要汝抱咱起來啊。」

「抱……妳又不是什麼嬰兒了。」

「咱是因為沒有神轎所以跟汝說可以用抱的忍耐一下啊，還不心存感激！快把咱抱起來帶咱去參觀呀。汝想遭天譴嗎？嗯嗯？」

玉藻伸直背脊，「啪啪！」地敲著我的鼻子……

這傢伙好像至少也算是個神明呢。

要是遭她天譴的話，我的運氣就會變得更差，搞不好會喪命咧。抱抱這種小事就做一下吧。

不過，就在我抓著她的腋下把她抱起來後……

「妳、妳啊，要抱的話還嫌太重了啊。這應該有二十公斤以上吧……！妳幾公斤啊……！」

「汝竟敢問體重！那可是一種不得詢問女神、不、所有女性的數值啊！」

玉藻「咻！」地把雙手環住我的脖子。

「那至少把妳那小二左右的尺寸變成嬰兒尺寸吧。」

面對嘀咕抱怨的我，玉藻又把她的雙腳也夾到我身上來。

「來啊、來啊，想辦法抱好啊。抱住神明可是能帶來好運的喔，呵哈哈！」

玉藻愉悅地不停扭動身體，於是我只好扶助她的屁股，用力往上一撐……

終於搞定了，神明抱。

「要、要我這樣到處走可是會很累的啊。」

說著，我看向眼前玉藻的臉——

她開心的樣子看起來有些孩子氣而天真無邪……

銅鈴般的大眼睛在極近距離下往上看過來的那個樣子，該怎麼說呢？感覺會刺激一個人的父性本能呢。

要是沒有那雙狐狸耳朵跟尾巴的話，以她的外觀應該會老是遇上誘拐之類的事情吧？

「怎麼啦？汝啊，對咱有興趣嗎？——迷戀上啦？」

看到我目不轉睛地注視著自己的臉，玉藻笑了出來。

「少說蠢話。年齡差太多了。」

「僅差七百九十一歲爾爾，咱可不在乎喔。這種事在怪物的世界中也不是沒發生過。」

「不對啦，相反了、相反。」

「相反？唔——遠山武士自古以來就時而會說些咱聽不懂的話呢。」

說話讓人聽不懂的是妳啦。

我的老祖宗們應該也感到很困擾吧？畢竟跟這傢伙似乎有過什麼緣分的樣子。

就在我心中如此懷疑著玉藻並嘆息的時候……

「——剛才裝備科的安藤走在附近呢！真是好險、好險。」

「如果被看到的話，肯定會被搶走的呢。因為那個人只要一看到甜食就會性情大變呀。」

「這邊這邊，我們躲在這邊吃吧……啊！……金次……！」

從廢墟的入口方向傳來了女孩子的談話聲。

三人集團的女孩子們手上拿著似乎是在什麼活動中中獎而拿到的巨大可麗餅——看到抱著玉藻並轉回頭的我之後，全都張大了嘴巴。

「……花、花花公子他……！終於……！」

「連那麼小的女孩子都不放過，把人家帶到這種地方……！」

「是誘拐呀！必須要通報教務科才行！必須要通報兒童福利中心才行！」

等等……！

運氣根本就沒有變好嘛！我都已經抱住神明了說。

仔細一看，那三個人全都是跟我同班的同學，而且嘴巴上說著「這個超不妙的吧？」之類的話，還從裙子的口袋中拿出了手機。

「不、不對啦……！」

我慌慌張張地把玉藻放下來，趕緊思考著藉口……

可是一想到通報&武偵三倍刑的事情，腦袋就想不出什麼好點子了。

「這、這是那個……迷路的孩子啦！」

於是我抱著「失敗的話就不惜展開槍戰」的覺悟如此宣言……

「迷路？」

玉藻卻一臉訝異地抬頭看了過來。

「沒錯吧，迷路的孩子！」

或許是從我的身上感受到了拚命的感覺。

「沒、沒錯……就是那樣……嗚哇哇哇哇……」

玉藻終於識相地配合了我，可是……

這、這演技，明明是一隻狐狸卻在演猴戲，實在太笨拙了。

結果那群女孩子就……

「迷路……？」

「一點都不像！」

「感覺就像是已經被調教過了一樣！」

根本不願意更改她們對我的「誘拐少女論點」。

「再說呀，她不是穿著武偵高中的實習生制服嗎？怎麼可能是迷路的孩子呀！」

唔！

那傢伙，是偵探科的學生啊，我對她有印象。

該死，居然在這種時候給我發揮出那種推理能力。

「那、那是因為……她本來是迷路了，只是後來被帶到我身邊來了啊。她是我表妹啦。」

「哥哥，我找你好久了──」

玉藻「唰！」地抱住了我的腰。

「——金次的表妹哪有這麼可愛！」

「臉根本沒關係吧！來、來啦，走吧。能找到哥哥，真是太好了呢。」

而我也繼續跟她演著猴戲……

「嗯，走吧！哥哥，我不會再迷路了！耶——」

我牽著興奮的玉藻，好不容易從廢墟中脫逃出來了。

那群女孩子或許是看到我們的樣子而暫時相信了吧？她們的聲音從背後傳來……

「原來是那樣呀……啊！我說呀，那孩子的貓耳帽可不可愛？」

「好像還會動呢。」

「應該是有裝什麼機關啦。」

已經把話題轉換到玉藻頭上的貓耳帽了。

哎呀，雖然這並不是貓耳而是狐狸耳啊，而且還是真貨。

我一邊擦拭著冷汗一邊從廢墟走出庭院……

「玉藻，聽我說，妳要我帶妳去參觀沒問題……只是妳能不能不要用那個外觀啊？」

累壞的我把手撐在膝蓋上，拜託著玉藻。

如果一個高二學生帶著一個小女生到處走的話，就算不是那群女生也一樣有可能會通報我啊。

「唔……以汝的體力來說，要汝抱著咱確實很辛苦啊。」

「知道了就不要讓我做嘛……」

「那麼，這麼辦吧。」

玉藻說著，然後從她的腳邊「澎」地冒出白煙。

「……？」

定眼一看……

玉藻的身影消失了，只剩一顆和風的五彩線球掉在我腳邊。

對了，她確實也可以變成這個樣子呢。

「來，拿起來吧。」

五彩線球發出聲音，於是我把它撿了起來。好輕啊，就跟普通線球是一樣的重量。

「拜託妳從一開始就這樣做行不行……話說玉藻啊，妳這是怎麼辦到的？」

「虛物變化之術，汝能理解乎？」

線球說出像是在取笑我一樣的開場白後，

「首先——有一種東西叫『芥子虛粉』，是在這世界的空間中具有極大重力的點。這些點極為細小、無所不在、並且彼此互相連結。咱利用『天細狐雷』在這些點與點之間賦予引力與斥力，使之成為一個圓筒。然後利用『物化霧』的能力將吾身細微化，一點一滴通過那圓筒。而圓筒的另一端則是被稱為『虛』的空間，彼處亦為此處。咱將放置在彼處的物質與化為童女的咱互相替換——即成為這顆五彩線球了。這步驟全部只要靠『印』——只要咱一個動念，眨眼間即可實行。」

「抱歉，我完全聽不懂。」

「以汝等的語言來說的話，就是『蟲洞』的應用啦。」

「……那個我也不懂。」

而且我說妳啊，明明不知道「內褲」是什麼，卻知道「蟲洞」這種東西啊？

「學識不足啊，遠山家的。簡單說，咱現在雖然身在此處，但是卻不在此處。在現實的問題上，若是那顆彩球被破壞的話，咱就會迷失『芥子虛粉』——變得無法從『虛』回去了。所以說，那顆五線彩球即是現在的咱了，汝可要小心翼翼地對待啊。」

簡單來說……當作是「變身了」就可以了吧？

（不過話說回來，還真是厲害呢。不管是希爾達的招式也好，這傢伙的招式也好……）

這些人外種族明明從遠古時代就已經存在了，可是他們的技術卻早已超越了現代的最新科技了啊。

雖然我知道得並不詳細，不過「蟲洞」這種東西對人類來說還只不過是被提出「有存在可能性」的東西罷了。希爾達利用的帶電粒子也是，科學家們都還只是在研究室中絞盡腦汁地進行實驗而已，而她卻已經在實際應用了啊。

如果我今後要對戰的那些「眷屬」都是像這種怪物的話——

那根本就像是在跟一〇〇年後的未來人打仗一樣了。

（不過……）

我回想起上課時學到的東西。

——戰鬥。

唯獨在這一方面，人類是集思廣益而表現傑出的。

雖然這不值得驕傲，不過畢竟人類自古以來就戰事不斷啊。

所以這方面技術的進步遠比其他技術還要來得迅速。

就拿亞莉亞的Government來說：那把槍在一九一一年——大約一〇〇年前就已經被發明出來了。而到了現代，人類也依然在使用它，無需多加任何改良。

也就是說，人類日復一日地不斷在創造足以通用未來百年的戰鬥技術。

而我的爆發模式究竟可以對付多少年後的對手呢——

在已經騎虎難下的現在，就讓我挑戰看看吧。

因為玉藻說「帶咱去見白雪」的關係，於是我打了一通電話給白雪……

她似乎完成了變裝食堂的工作之後，就移動到超能力搜查研究科——通稱ＳＳＲ——的大樓去了。

聽說是正在自修的樣子，真不愧是個模範生。

「……我很討厭到這種地方來的說……」

我來到SSR大樓之後，看到那個外觀而變得渾身無力了。

首先，它的大門是紅色的鳥居，而且還是一座接著一座、像一條隧道一樣連接到大樓出入口。

環顧入口附近，右邊是石獅子，左邊卻是獅身人面像。

而且周圍還擺得滿滿的一堆圖騰柱、地藏、摩艾石像跟燈籠等等東西。

頭頂上雖然掛著一段注連繩（註5），可是吊在一旁的卻不是大鈴鐺而是小聖堂會掛的黃銅吊鐘……

——『無要事之人　禁止入內　超能力搜查研究科』——

雖然眼前豎著一塊這樣的看板，不過就算有要事我也不想來這種地方啊。

因為這裡是超能力與魔術的研究科、怪力亂神之輩的巢穴，是我最討厭的世界。

「汝在擺什麼臭臉？這裡的氣氛不是頗好的嗎？」

玉藻球這麼說道。

「看到這種畫面，神明們應該會吵架吧？妳不是也算一種神明嗎？看到了不會覺得

註5　「注連繩」是一種日本神道中用來驅邪的繩子，以稻草編織而成，多見於神社的堂前懸梁或是神樹、神石上。

很犯忌？」

「早已不是那種時代啦，不管是哪個神，真正追求的目標都是一樣的。而且，對著人們大聲宣導『大家要和睦相處』的神明們如果自己在吵架的話，會難以示眾啊。」

「是這樣說的嗎……？」

哎呀，反正本人都這麼說了，沒差吧。

我推開鑲嵌著花窗玻璃的大門，走進ＳＳＲ。

看到穿堂中又是一幅讓人冷汗直流的畫面。

寬廣的大廳為了讓學生們可以進行祈禱而到處擺設著椅子或是坐墊，周圍的牆上還滿滿的都是古今中外的宗教畫，一直綿延到圓頂天花板上。

果然……這是個令我摸不著頭緒的世界啊。

ＳＳＲ那群人不知道腦袋在想什麼，居然還在管風琴上擺了一尊木魚。

只有阿茲特克曆石旁張貼的那張『若是打架就射殺　教務科』的海報，是我唯一可以理解的物品。

「……所以說羅斯威爾事件啊……」

「……利用類感魔術將神祕的關聯性……」

「……真好吃啊，炸雞君Red……」

從大廳的角落傳來學生們對談的聲音。

那群人身上的衣服也是各式各樣都有。有女孩子身上穿得像天狗一樣，揹著一把弓以及破魔矢來代替槍；另一位保持著有如智慧環般的瑜伽姿勢在說話的，應該是從印度來的留學生吧；而手拿經書吃著炸雞的那傢伙，身上則是穿著一套袈裟。

「汝看看，大家不都和睦相處嗎？」

玉藻球表面伸出一條尾巴指著那群學生。

我只能嘆一口氣，拿著那顆玉藻球走上樓梯。

SSR因為學生人數很少的關係，二樓以上是各自學生的個人房。

而我來到五樓後，敲了敲掛有寫著『星伽白雪』的繪馬型門牌的房門後……

「來、來了——」

傳來白雪的聲音，接著是一陣腳步聲……然後門鎖就被打開了。

打開門板之後，眼前還有一扇畫有五芒星陣笠——星伽本家家紋——的紙拉門。

拉開紙門之後——

「歡迎您大駕光臨，小金……」

身上穿著巫女裝扮的白雪，很有禮貌地伸出食、中、無名三隻手指跪在地上迎接我。

房間裡的三面鏡還微微半開著，大概是到剛剛為止都還在補妝吧。

（面對我這種人，也沒必要這樣大費周章啊……）

當我稍微露出一臉苦澀，

「啊！……巫女裝，小金……好像不太喜歡呢。因為我在ＳＳＲ的時候一直都是這身裝扮的關係，所以不小心就……！我馬上去換衣服，請等一下下喔！」

白雪的眼角立刻湧出淚水，想要趕緊把紙門關上。

「別在意了。我是有話要跟妳說才來的。」

我擋住紙門後脫掉鞋子——走進房間內。

房間是五坪大的和室，塗漆的架子上還擺了一尊不倒翁。

六支並列的竹筒上，很仔細地各自插著一支風車。大概是她的妹妹們做的吧？

就在我環顧這間非常有大和撫子風格的房間時……

「星伽家的白雪，汝長大了呢。」

我拿在手上的五彩線球逃出我的手掌，落到地上……澎！

冒出一陣白煙，只花了一秒就變成玉藻的樣子了。

「呀！」

白雪發出一聲簡短的驚叫聲後，看到一臉笑容的玉藻——

「玉、玉玉、玉玉玉玉、玉藻大人！」

咻！

在榻榻米上一躍而起，「唰」地展開身上的巫女裝，在著地的同時當場跪了下來。

「久未問候！不知您會大駕光臨，未能準備招待……！真是非常對不起！」

看到彷彿是遭遇上司突擊檢查的小職員般焦急失措的白雪……

玉藻拿起一支風車後，走到她面前。

「愛道歉的個性依舊未改呢。來，平身吧。」

說著，鑽進白雪膝蓋與胸口之間的縫隙，將她的上半身撐了起來。

啊，而且還一把抓住她的胸部往上抬了。這隻色狐狸。

接著……玉藻坐到白雪的大腿上，像是被白雪從背後抱住一樣。

「玉藻大人也是，從以前就沒變呢……」

「看來汝也努力讓自己能夠到男女混校來上課了呢，白雪。彈琴有進步了嗎？會騎腳踏車了沒？」

「怎……怎麼說這種話呢？請不要再說孩提時代的事情了呀……」

看到她們和樂融融地互相談笑的樣子……

果然這兩個人原本就認識了啊。

隨後，我在矮桌旁坐下……喝了一口白雪泡的綠茶。

「不過，遠山武士與星伽巫女是同年啊，這是好事一件呢。」

玉藻指著我說道——

「白雪呀，汝已經生了這人的孩子了嗎？」

噗！

我用力把嘴裡的茶噴了出來。

而被玉藻用那種像是在問『昨天晚餐吃什麼？』般輕鬆口吻如此問道的白雪，則是變得像章魚一樣全身軟趴趴地……

「怎、怎麼這樣問，我、我隨時都、很歡迎呢……」

她從玉藻的兩耳之間……

不知道為什麼居然對著我這麼說。

與啞口無言的我四目相交的白雪，突然又把臉埋到玉藻的頭上。

「……怎麼辦，親愛的。女兒說，她想要弟弟或妹妹呢……呀哈……」

一邊用指頭在榻榻米上畫著小圈圈，一邊嘀嘀咕咕地小聲說道。

而我也是……面對這種事情也忍不住臉紅起來。

「白、白雪，快把臉抬起來啊。不需要對玉藻的胡說八道一一對應啦。」

「是、是的！孩子的爸，你要加油喔！要生幾個、不、幾十個呢！」

「不、不要用充滿血絲的眼睛看著我啊！而且誰是孩子的爸啦！玉藻，不要在那邊說廢話，快點說正事啦！」

「唔。」

被我火大地這麼一說後，得意地蹺著尾巴的玉藻無奈地坐到了矮桌旁。

而白雪則是一屁股跪坐在我的旁邊，就算我避開來她也一直跟上來。於是我只好放棄掙扎，變成兩個人面對著玉藻並肩坐的樣子了。

接著，玉藻她……

首先從「極東戰役」的事情開始，對白雪解說著。

然後提到我以身為巴斯克維爾小隊隊長的身分，被牽連進來的事情。

還說到與希爾達之間的戰鬥，以及最後獲勝的事情……

而白雪不愧身為一名武裝巫女，就算聽到這些話也依然露出冷靜的表情。

話語當中還穿插了一些我聽不懂的專門術語，不過她似乎也都能理解的樣子。

「……因為驅鬼結界幾乎包含了都內海岸全部地域，所以只要有鬼怪之類的進入領域，就會有式神來通報咱，而咱只要出個印即能反擊。」

「如此一來的話，接下來就要思考往外攻出去的方法了呢。」

我聽到她們似乎以參戰為前提積極討論的對話……

「喂，白雪，妳……一點都不怕嗎？都被牽扯進這種戰爭裡了說。」

「不會的。畢竟有關『戰役』的事情，我還在星伽家的時候已經有耳聞了。而且其實……我也靠占卦知道這件事情會在這幾年內發生了。」

「還真是樂觀啊。從希爾達的那場戰鬥中就可以知道，這場戰爭可是很嚴峻的喔？」

聽到我詢問她的覺悟，白雪則是──

……露出微笑了。

那種非常平靜、跟平常的白雪一樣的笑臉。

「星伽的巫女是守護巫女，我們自古以來都是為了守護某樣事物而一路戰鬥過來的。不管是國家的混亂或是戰爭，以及至今發生過多次的『戰役』之中……現在只是輪到我們這一代也要加入其中罷了。而且──」

剛才還露出勇敢表情的白雪……

剎那間，彷彿是再一次確認自己的覺悟般停頓了一下後──

「落在小金身上的火花，就由我來燒個片甲不留。**不管對方是何方神聖**。」

說著，輕輕撫摸她插在腰上的色金殺女朱紅色的刀鞘。（註6）

把火花燒個片甲不留嗎？雖然聽起來有點矛盾……

不過……看來白雪依然一如往常地願意助我一臂之力呢。

「話說，玉藻，事到如今我就問清楚……所謂的『戰役』到底是為了什麼目的在戰鬥的啊？貞德似乎說過『追求與爭奪』什麼的……」

註6　白雪的佩刀「イロカネアヤメ」舊譯為「色香菖蒲」或「緋金菖蒲」，至此集原作者才正式寫明其漢字標示為「色金殺女」，故特此更正。

我將談話對象轉移到玉藻身上，於是她將原本捧在雙手上的茶杯放回茶盤上說道：

「即是字面上的意思。爭奪所追求之物，以及力量的再分配，這就是戰役的根本意義。」

「……你們是要爭奪什麼東西啊？」

「那就跟檯面上的戰爭一樣，會隨著時代而改變。在古代是為了搶奪寶劍或是聖杯，而到了現代則是色金——這是最貴重的寶物了。雖然色金的價值至今為止並沒有受到重視，不過在稀世天才・夏洛克的努力之下，色金的使用方式已經被逐步解開了。」

夏洛克……

這麼說來，他好像在伊・U時有形容過色金是『超常世界的核物質』呢。

師團與眷屬就是一窩蜂地想要那樣的東西啊。

（爭奪的東西會隨著時代而改變、嗎……）

我多少可以理解。

就拿檯面上的世界來舉例，鈾礦山在古代根本就沒有人會重視。

可是就因為知道了利用方法，所以大家就變得想要占有了……

於是便引發了戰爭，這樣嗎？

「不是只有寶物，優秀的士兵也是爭奪的對象。也因此，戰役自古以來就允許將敗下陣的士兵納為自軍夥伴。而戰敗的人也會為了不要被殺害而願意叛逃到敵方陣營。」

「喔喔……」

貞德說過的規則中也說明了『背叛是OK的』，而華生也說過『輸的人就會成為敵方的手下』。

這樣仔細想想，其實『戰役』的系統還頗完整的嘛。

「那……戰役究竟要怎麼樣才會結束啊？」

「全滅，抑或是投降。師團或眷屬只要有一方兵力用盡即為全滅，即使有殘存兵力，也可以選擇投降這條路。甚至接受有附帶條件的投降。」

這方面……就跟檯面上的戰爭是一樣的呢。

我瞄了一下白雪，她的表情看起來似乎早就知道這些事情了。

「另外，白雪，現在發生了一些問題。」

玉藻稍微端正了坐姿後，面對白雪說道──

「──亞莉亞的『緋穀七星』遭到破壞，而殼金被眷屬們奪去了。」

「……！」

聽到這句話後──

白雪第一次露出了驚訝的表情。

「方才與華生會面時，做為合夥的證明而拿到了此物。不過現在師團所保有的殼金，加上這個也僅有三個爾爾。」

說著，玉藻從懷中拿出了一個像紅寶石的東西——包覆在緋彈上的殼金之一結晶化之後的東西。

白雪維持跪坐的姿勢稍微往後退下後，深深磕下頭。

「——萬分抱歉，若是過去的星伽巫女有讓殼金包覆得更加穩固的話……」

「此事並非星伽的錯，汝等以如斯少數的人數已經做得很好了。」

「但是，前些日子，應該與我一心同體的這把色金殺女遭佩特拉奪去……因此才讓緋彈的……」

就在白雪說到這邊的時候，玉藻突然露出至今從未見過的嚴肅眼神瞪了她一下。

「莫說了，白雪，此處還有遠山家的人。星伽與遠山應當分盡職責啊。」

「……在、在說什麼啊？色金殺女怎麼了嗎？」

我忍不住插嘴後，玉藻也用那雙銳利的眼神看向我。

「莫知曉——緋緋色金會干預人的心，而且還是**戀心**——那是一種極為難以制御的部分。若是全盤知曉，汝的心亦會起波折。**因為人是無法控制心靈的。**」

「……？」

「自古以來，管理色金的星伽巫女之所以會與遠山武士保持關係，就是因為遠山家是以『心』在戰鬥的一族人。仔細想想這層意義。咱想汝也是有什麼話不希望被星伽知道吧？」

緋緋色金所喜好的應該是「戀愛」與「戰爭」——

可是玉藻剛才只提到了**戀心**這一點。

（**不希望被星伽知道的事情……**）

應該是指爆發模式的事情吧。

她似乎知道遠山家代代相傳的這個能力。

（確實，爆發模式在某種意義上……是跟異性感情有關的能力。可是那又有什麼關係？）

……總覺得，氣氛變得有點奇怪了……

超常現象＋戀愛話題，這已經是我最不擅長的兩個領域重疊在一起了。

要是讓玉藻在這裡把爆發模式的事情講出來的話我也很困擾，還是乖乖閉嘴好了。

「——要解決此事的話，遠山家與星伽家的關係就變得極為重要。汝等，要感情和睦啊。」

玉藻喝了一口茶——對大聲回答「是的！」的白雪露出滿意的表情……

「還有，無須害怕。毋論發生何事，都會有咱當汝等的靠山。」

然後對我們露出有點僵硬的笑臉。

（什麼叫當靠山啊……）

玉藻我說妳啊，我們在跟希爾達戰鬥的時候，妳根本就不在吧？

哎呀，或許是為了要設置結界而忙得不可開交啦。

「亞莉亞那邊的話，咱會在近日與她對話。畢竟也要找機會將殼金放回她體內。咱就在那時候保險起見診斷一下緋緋神化的程度吧。」

「……亞莉亞她沒問題嗎？」

當我有點擔心地這麼一問——

「咱不是說過暫時不會有問題嗎？毋須擔心。只要打倒眷屬，把殼金全數拿回來就可以解決了啊。」

被她這麼回答，我也沒辦法再對專家繼續多嘴了。

哎呀……

反正我也不知道究竟有沒有問題，為了這種事情乾著急也不好吧。

至少亞莉亞本人看起來似乎很健康的樣子，我的擔心可能也只是杞人憂天罷了。

「……」

我突然發現，當我在跟玉藻談到亞莉亞的事情時——

白雪似乎刻意不插嘴的樣子。

玉藻也是，不知道為什麼不把眼睛看向白雪。

她們兩個人的氣氛感覺就像是有著**某種預感**，可是又不說出口的樣子。

為了這件事皺起眉頭的我——

在腦海中莫名閃過一句玉藻曾經說過的過往事件。

——大約七百年前，曾經有人類變成了緋緋神。

那人變成了妖怪，興起戰事……

最後，死在遠山武士和星伽巫女的手中——

5彈　文化祭　第二天

將玉藻與白雪留在ＳＳＲ，我獨自回到宿舍房間——聞到了梔子花的味道。

亞莉亞在啊？

我穿過走廊……看到亞莉亞拉上了浴室換衣間的布簾，而且裡頭傳來吹風機的聲音。

看來是她回來之後洗過澡了。

「我回來囉。」

亞莉亞定居在這裡的事情已經是既成事實了，於是我這麼說完後……

「咦！啊、金次？等、等一下。你要是敢拉開布簾我就射殺你喔！我現在、身上只有包浴巾而已！」

……那種事情不用說出口吧？

誰會想去打開那種裝了裸體女人跟武器的潘朵拉魔盒啊。

不過……我在這種情況下回來的話，以前的亞莉亞應該會冷不防地先進行威嚇射擊才對。可是現在，卻只是用嘴巴說說而已。

（果然……總覺得亞莉亞她，好像最近對我的態度有點軟化了？）

哎呀，這是個令人感激的現象啦。

「金次。」

「幹麼？」

「今天已經很累了就休息吧……不過你明天有什麼打算？你已經沒有工作了吧？」

「也沒什麼打算，就隨便逛逛文化祭吧。」

「我明天，也有不需要工作的時間帶喔。上午的時間。」

「那妳就去逛逛文化祭啊。」

「……」

……奇怪？

怎麼，突然沉默下來啦？亞莉亞。

「……幹麼不說話？」

「咦？所以我說……我上午也很閒啊，雖然下午是有事情要做啦。」

這次又重複說了一次同樣的話。

「……明天上午，要做什麼好呢？」

亞莉亞很做作地把腦袋想的事情說出口，然後關掉了吹風機。

接著，沙、沙，似乎在穿衣服的樣子。

「要、做什麼、好呢？」

不妙……她的聲音變得不耐煩了。

我如果不趕快提些什麼建議的話，會被開槍的。

畢竟亞莉亞就算是隔著一片布簾也是可以讓子彈命中目標的啊。

「——就去逛妳想逛的地方啊。武藤的妹妹有開章魚燒店，聽說賣得不錯喔。」

我非常好心地告訴她推薦的店家……

「……你這個人……真的是只有小學生程度的會話能力嗎！」

可是，「唰」地打開窗簾走出來的水手服亞莉亞卻狠狠地抬頭瞪著我。

「妳、妳到底想說什麼啦？」

妳自己也是小學生程度吧？像是身高之類的。

「所以我就說，你不是明天也要去逛文化祭嗎？偶然、湊巧、剛好我明天早上也沒事……所以說，**我也可以陪你一起去逛喔**？你聽不懂嗎！」

依照我最近終於慢慢學會的『亞莉亞語文法』來翻譯的話——

這句話應該是「**我要你陪我去逛**」的意思吧？

簡單講就是想要有個伴遊是吧？好啦好啦，我做就是了。誰叫我是奴隸呢。

「那……拜託妳，陪我一起逛吧。」

在這邊，講法也是一門學問。

對亞莉亞大人說話要用『我這邊拜託妳』的講法才行，這是想活命的技巧。

而且我稍微瞄了她的裙襬一眼，果然一如往常地有配槍在身啊。

「這樣、這樣呀？那麼，我就陪你一起去逛吧。真是拿你沒辦法呢。」

嘴巴上雖然這麼說，可是亞莉亞的聲音卻突然變得很開心。

表情也變得緩和下來，要開槍的氣勢也消散了。

太完美啦，我的「亞莉亞操縱術」。完美到我都想自誇了呢。

「畢竟如果放著金次不管的話，立刻就會惹出問題來呢，而且如果你迷路的話就不好了，我就當你的保護人吧，要好好感謝我喔？明天，早上九點去參觀文化祭。好啦，我已經寫到行程表上了喔！」

……迷路個頭啦。

（哪有可能會在自己的學校迷路啦，而且就外觀來講的話，應該我才是保護者吧？）

雖然有很多話想反駁……

不過亞莉亞將行程表輸入她新買的珍珠粉紅手機的那個樣子，看起來真的很開心。

雖然那副「機會來啦來啦——」的激動樣子讓人有點疑惑啦……

不過畢竟亞莉亞那嬌小的身軀平常總是被圍繞在殘酷的命運之中啊。

像這種自由的瞬間，我就至少陪她一下吧。

這天，巴斯克維爾的其他成員並沒有來到這間房間，於是我與亞莉亞看著電視，聊著一些無關緊要的話題……難得地吃了一頓悠閒的晚餐。

而就在晚餐後，大約晚上十點左右──

房間的市內電話響起了。

我接起來，是玉藻打來的。

因為她要我轉給亞莉亞……

所以我把亞莉亞叫到電話前，用認真的眼神對她說道：

「亞莉亞，我話說在前頭……我也跟這通電話有關係。」

「……？」

「這件事情其實應該在更早之前就告知妳的，可是因為在這次的事情上，我完全是個門外漢……沒有辦法傳達正確的訊息給妳，所以說，讓專家來跟妳說。」

「……專家？」

「跟白雪與貞德有關的人。應該也會提到對妳而言很重要的事情吧？要冷靜下來聽喔。」

語畢，我將話筒遞給她──

亞莉亞報上自己的名字說：「我是神崎亞莉亞。」之後，就開始聽取說明了。

我靜靜地在一旁觀察……亞莉亞雖然露出幾次驚訝的表情，不過自始至終都表現得很冷靜……通話意外地很快就結束了。

「……」

亞莉亞放下電話筒後……

閉上她紫紅色的眼睛，稍微露出沉思的動作。

「亞莉亞……」

「——別在意，金次。金次的判斷是正確的。這件事——確實，並不是你的專業領域。」

亞莉亞輕輕搖一搖頭後，一步一步走向玄關。

「不過，我之前就或多或少有些預感了。昭昭、希爾達、華生接二連三地有所行動，也讓我想過應該有什麼內幕。」

「妳要去哪裡？」

「去跟那個叫『玉藻』的女孩子兩個人單獨對話，我們約在舉辦夜間祭典的體育館樓上。金次……我們明天好好談談吧，關於今後的事情。」

「喔、知道了。」

玉藻應該是打算要全盤說出來吧？極東戰役的事情、殼金的事情、緋緋神之類的

事情──

妳要好好振作啊，亞莉亞。

隔天早上，八點半──

我來到昨天與亞莉亞約好的碰頭地點──室外游泳池。

我們是遵照教務科『為了預防人多擁擠，禁止利用立刻便能想到的見面地點』的指示，所以才選了這個地方碰頭的。可是……

亞莉亞，還沒有來啊。

畢竟約定好的時間是九點。

可是，暑假時我們到上野參加祭典時，亞莉亞就嚴格規定過要我在約定時間前三十分鐘到達。要是讓她等我的話，我就要吃上開洞大火山還是開洞活火山之類的刑罰了。

因此，身為奴隸的我只好坐在第二水道的跳水臺上……

在秋季的藍天下，眺望著空無一人的游泳池，等待著亞莉亞。

昨天晚上，最後亞莉亞還是沒有回來……

我半夜打了通電話詢問，她似乎是跟玉藻說完話之後，為了進行確認而跟白雪見了面──接著又為了其他事情要請學妹幫忙的樣子，後來就說要在女生宿舍的自己房間睡了。

——聲音聽起來，跟平常的亞莉亞一樣。

明明應該聽了很多事情，可是並沒有特別混亂的樣子。

不，或許就如她本人所說的——她或多或少已經預測到這些事情了。靠她的直覺。

「金次。」

比預想中的還要早——亞莉亞已經來了。

在秋日陽光下，小碎步走過來的亞莉亞……在我旁邊的第一水道邊坐了下來。

……？她平常就在穿的水手服，怎麼看起來像新的一樣平整啊？

「妳的衣服燙過了嗎？」

「欸？啊、嗯。」

「燙得真好啊。妳以前在我房間用熨斗的時候不是還讓衣服燒焦了嗎？」

「……因為我自己沒辦法做好，所以是請間宮幫我燙的。」

喔喔，是讓她的戰妹——間宮幫她燙的啊？

——在武偵高中有一種讓上級生與下級生一對一進行培訓的制度，稱為徒友（Amica）。

簡單說就是在雙方的同意之下兩個人結拜為師徒的意思。這樣的關係在男生的情況稱為戰兄弟（Amico），女生的情況稱為戰姊妹（Amica）。而全部又統稱為徒友

（Amica），發音很容易讓人錯亂。

「——不過金次，為什麼你這麼早來呀？」

「什麼叫早……妳還不是很早來？文化祭可是九點才開始喔？」

「咦、那是因為……那個……！是、是我先問的耶，你先回答啦！」

亞莉亞莫名其妙紅著臉問我……

不過如果我回答「因為以前被妳威脅」之類的話，應該又會惹她不開心了吧？

「我是……湊巧早了一點到罷了，沒其他意思。」

「我、我也是湊巧啦，沒其他意思。真的沒其他意思。才不是因為可以跟金次兩個人在一起所以早到的喔。不要誤會了！」

亞莉亞說著，然後挺起她沒什麼料的胸部——可是妳前半的回答根本是學我的嘛。

我嘴巴扭成「ㄟ」型，看了一下手錶……八點四十五分。

還有一點時間呢。

「順道我就問一下……妳有見到面吧？」

「——玉藻嗎？」

亞莉亞瞄了我一眼。

「……沒錯。怎麼樣了？」

「也沒怎麼樣啦，甚至應該說知道了很多事情後，讓我心情舒坦多了。」

任由單邊的馬尾隨風飄逸的亞莉亞——確實，看起來很平靜。

就跟平常的亞莉亞一樣。

真是了不起啊。我光是在宣戰會議的時候就被嚇慌了說。

「她說了些什麼？」

「我想想喔。極東戰役的事情與巴斯克維爾小隊的參戰、師團以及眷屬、還有我雖然沒有在宣戰會議時遇到希爾達的記憶……不過那似乎是因為被施加了什麼暗示術之類的事情。然後就是，叫做『殼金』的東西被搶走的事情——雖然這件事讓我覺得有點荒唐，不過，她實際在我眼前把其中一個放回我左胸了……所以也有它的可信性。現在，在我胸中的緋彈上只有三枚殼金——我也聽說如果放著不管的話會很危險。」

「所謂的危險是……」

「她沒有說得很詳細。你知道嗎？」

我……點了點頭。

「……想聽嗎？」

「不用說了，看你的表情就多少可以知道了。而且，昨天白雪也沒有告訴我。只是，與其說是攸關性命——或許，應該說是等同於那種程度的問題吧？而且……從你的表情上看來，我也知道應該還有充分的時間，大概是數年為單位吧？」

靠著遺傳自夏洛克．福爾摩斯的那份敏銳直覺——

亞莉亞已經幾近正確地說中了自己的症狀。

「……還真是冷靜啊，明明就聽到這麼重大的事情。」

「不要看扁我。武偵是常在戰場的，這種事情就跟『害怕受傷或殉職就不用談工作』是一樣的道理呀。還是說——換作是你的話，會沒出息地驚慌失措嗎？」

亞莉亞挑起眼梢看向我。

於是我搖一搖頭後，亞莉亞便在第一水道邊站了起來，雙腳與肩同寬。

「——目標是四名眷屬：佩特拉、諸葛、卡羯·葛菈塞與哈比。不過呢，金次，既然媽媽的判決已經上訴到最高法院了……我們本來就有必要去逮捕以佩特拉為首的伊·U主戰派。而且諸葛靜幻所屬的組織——藍幫本來就與伊·U有交易關係，而且殘黨中的一個人也是那裡出身的呀。」

亞莉亞扳著指頭細數敵方的底細。

「叫作卡羯·葛菈塞的女人也是伊·U的OB，她所屬的魔女連隊還是惡名昭彰的恐怖組織，是一群在利比亞、伊朗、北韓被高薪雇用的女人呀。而那個叫哈比的女孩我雖然不太清楚……不過既然她是跟眷屬有關係的話，也是有必要一起嚴厲追究的對象。」

「……也就是說，那些人本來就是妳必須要打倒的對手就是了。」

「對。所以那種期限，有跟沒有是一樣的。甚至應該說，根本沒那麼多時間呀。我們必須要在媽媽的最高法庭審判——明年三月之前把這些事情搞定才行。」

一如往常地用勇往直前的氣勢說完這些話的亞莉亞——

甩動粉紅色的雙馬尾，轉身面對我。

「金次，你要怎麼打算？」

「什麼怎麼打算？」

「白雪有跟玉藻的同盟約定、蕾姬跟藍幫有些因緣、而理子應該也打算戰鬥吧？為了不要讓我或是金次被其他敵人殺死。不過仔細想想……金次只是被無故牽連進來的而已，並沒有參戰的義務呀。」

被她認真一問，我則是——

「……這也要算武偵憲法第八條吧。」

將我已經理解的自身狀況，為了再次確認而說出了口。

「任務必須徹底完成——我們打敗伊．U，於是引發了極東戰役——這次的事情不就是這麼一回事嗎？自己埋下的禍根要自己斬除才符合武偵的原則啊。」

而且在那之前，這更是身為一個人的原則啊。

用火災來比喻的話……這就像是「伊．U」這場火災因為我的滅火行動而延燒出去了一樣。

這個滅火行動本身就是不夠完善的。

「而且就像妳說的，我確實沒有那份義務……可是我已經得罪對方了。貞德也跟我說過，畢竟我就是打倒夏洛克——妳的曾爺爺——而讓伊・U崩壞的罪魁禍首啊，佩特拉那群人應該會想來取我的首級；而就跟希爾達為了幫弗拉德報仇而找上門一樣，昭昭的同伴們也搞不好會來攻擊我。」

沒錯，這場火災還沒有結束——伊・U依然還有殘黨。

那些傢伙獲得了稱為「眷屬」的燃料，準備要再次加大火勢。

若是事情變成那樣，我就會再次受到攻擊，也就沒有辦法好好回到平凡的日常生活中了。

「我只是個普通的高中生，而為了要實現這個願景，那些傢伙的存在就是一種絆腳石。要是不把他們全部擊退的話，搞不好還會讓一般學校蒙受困擾啊。」

我一口氣說完這些話之後——

「金次……」

亞莉亞就像是獲得了值得依靠的同伴一樣，露出開心的表情。

其實根本就不值得依靠吧？我可是E級的武偵喔。

（還有一件事，很難對亞莉亞開口啊……）

我在亞莉亞扯上伊・U的時候也有這麼想過，而理子的事件更讓我深刻體認到了。

——實在是不能放著不管啊，這些人。

這些準備跟那群怪人、超人、妖怪集團戰鬥的人……而且還是一群女孩子。不站出來保護她們不行吧？畢竟我也算是個男人啊。

雖然我根本絲毫沒有想過希望她們因此而喜歡上我或是給我什麼謝禮，不過，哎呀，男人守護女人這種事情，就是一種像公共道德一樣的東西嘛。

……真是的，我還真是被生成一個吃虧的性別呢。

但是──

「期限就到明年三月……在香苗小姐的最高法院審判前要全部解決。這樣可以吧？」

「嗯、嗯。」

面對視線銳利的我，亞莉亞點了點頭。

「我從四月開始就要去一般學校就讀了，所以這場極東戰役──就是我身為武偵的引退之戰。」

聽到我如此宣言的亞莉亞……這次不點頭了。

只是好像欲言又止地別開她的視線。

「聽我說，亞莉亞，我打從第一次跟妳見面的時候就說過了……」

就在我準備再次強調我要辭去武偵的話題時。

她「啪！」地一聲伸出她的小手，阻止我繼續說下去。

「我知道，我知道啦。」

「……妳真的知道？」

聽到我一臉懷疑地這麼說道，亞莉亞環起手臂，柳眉倒豎。

「雖然我並不能認同就是了。你這個人，到了緊要關頭的時候就會發揮足以活躍在世界舞臺的才能。明明有才能卻想辭退……我只是對這一點無法認同而已。金次，所謂的『才能』就是人生的貴賓券呀，可是你卻想要自己捨棄——」

「再怎麼珍貴的票券，只要沒有需要的話就只是廢紙罷了。」

「可是……」

「事到如今，我就跟妳再一次說清楚。因為妳似乎並沒有正確理解我的想法。」

正當我再次坐回第二水道時——

亞莉亞輕輕翻動她的裙子，從第一水道旁跳下地面。

「哎呀，真可惜，時間已經到了呢。」

我看了一眼亞莉亞所指的計時臺——已經九點了。

「別管了，妳聽我說。我啊……」

「——現在開始就是文化祭，是參加祭典的時間了喔。我們今天不是休假日嗎？」

「說休假確實是休假啦……」

「該休息的時候，就要確實轉換心情，好好休息。如果連這一點都做不到而總是繃緊神經的話，總有一天會精神疲勞的。一個人如果變成那樣的話，就會沒辦法做出正確的判斷了。」

雖然這番話聽起來像是因為亞莉亞不想討論我要轉學的話題，所以故意逃避的藉口……

不過，她想說的話，我也不是不能理解啦。

「也就是說，身為一名武偵，適度的休息也是工作的一環呀。有話就等之後再說，從現在開始必須要休息才行。畢竟我也需要轉換心情，而且跟喜歡的人約會之前還吵架不太好呀。」

………？

亞莉亞，我說妳……剛剛、是不是……

說、說了什麼奇怪的話啊？

不，我想再怎麼樣都應該是我聽錯了才對……

「……約、約會……？」

我姑且撿起了一顆亞莉亞的烏龍球——

而亞莉亞似乎也是在無意間說出口的，於是被我提醒了一下後就露出訝異的表情。

「咦？我、我、我……說了、那種話……嗎？」

滿臉通紅的亞莉亞吞吞吐吐地說著——

而面對她的我也是，該死，絕對也變得通紅了。

而與那片紅色相反的，腦袋中則是一片白。

總覺得在『約會』前面好像還出現了一個超級烏龍球詞彙，可是因為亞莉亞的失誤規模實在太大的關係，我的記憶已經全部飛掉了。

而且面對詢問的反應越是慢，彼此之間就會變得越是尷尬，今天接下來的行程會變得很棘手。

因此雖然狀況還是很混亂，不過在這邊我還是點一下頭好了。

「──不、不對！不、對！不對不對！不──對──」

吼吼吼──

亞莉亞露出她的犬齒，進入不由分說的否定模式了。

而且雙手還像車輪一樣不停轉動呢。

「──今天這個是休假日！休假是休假就只是休假！」

雖然她講的話莫名其妙，不過我還是再點一次頭吧。

「說、說得也是，休假就是休假！」

「沒、沒錯，就是那樣，休假就是休假！」

兩個人異口同聲地再度聲明著「休假就是休假！」然後走出了游泳池。

可惡的亞莉亞，幹麼一開始就突然給我來個大烏龍啊？

在我的腦海中浮現了一個畫面——在棒球場上，亞莉亞漏接了一顆平飛球還往正後方跌倒，而且居然還掉進了一個莫名其妙出現在那邊的地洞裡。不是會消失的魔球，而是會消失的亞莉亞了。

我與亞莉亞僵硬地走了一段路之後……

真不愧是對我高談闊論那番休息理論的亞莉亞，她的心情切換速度真的很快。在學園島中走了一段時間後，她的表情立刻就變得興奮起來了。

亞莉亞似乎並沒有看過日本的校慶活動，於是……

「金次，那個是什麼？這個呢？那群女孩子是在排什麼隊？」

對眼前看到的所有東西都充滿了興趣。

而身為伴遊的我則必須一一向她解釋「那是在賣彈殼吊飾的店。雖然在武偵高中是像垃圾一樣的東西，不過對外面的人來說卻很有賣點。」「這是拉拉熊的盜版貨。」「帥哥先生選拔會。不知火有被拱去參加喔。」等等、等等，真的會累死人。

再加上亞莉亞是東南西北亂亂逛的關係，

「妳啊，是有什麼想去的地方嗎？」

當我這麼問她，

「沒有呀。」

她卻這樣回答我。

沒有想要去的地方，為什麼還可以這麼開心啊？

到底是在開心什麼？明明就只是跟我兩個人到處亂走而已。

（……我已經差不多想要挑個活動進去逛逛了說……）

正當我這樣想的時候，正好看到了一個適合的攤位。

救護科&鑑識科聯合主辦的『恐怖鬼屋　停屍間的夥伴們』。

雖然有像是「武偵高中是真的有個停屍間，辦這種活動很不正經吧？」「而且『夥伴們』是指誰啊？」之類，一堆可以吐槽的地方。不過……

（——畢竟今後要跟眷屬的那群怪物們戰鬥啊。）

這個搞不好可以當成讓我們習慣鬼怪的一種精神修練呢。

於是，我叫住了一副很不自然地忽視攤位準備離去的亞莉亞。

「喂，亞莉亞。」

「……什、什麼事？」

「這個啊，進去吧。」

當我指了一下看起來很像惡靈古堡風格的『恐怖鬼屋』看板……

「你、你是笨蛋嗎？居、居居、居然會想要進去這麼小孩子氣的地方？」

亞莉亞雖然抬頭瞪著我，可是她的腳已經整個軟掉了呢。

「妳在害怕？」
「怎怎怎怎麼可能會害怕！」
「好，那我們進去吧。」
「咦！咦！」
「妳不會怕對吧？」
「——我、我才不怕呢！」
嘴上說著這種話卻一副想腳底抹油的亞莉亞，看來真的需要訓練一下才行了。
畢竟這傢伙之前去橫濱紅鳴館的時候，光是看到外觀就嚇得發抖了啊。
身為武偵本來就必須要對血腥恐怖的東西有抵抗力才行。亞莉亞，妳就覺悟吧。

買了兩張門票後，我們走進裝飾了黑布簾的鑑識科一樓大講堂……
喔喔，一片漆黑呢。打開入口處出借的筆型手電筒吧。
打開手電筒一照。啊，腳下黏了一灘血漿呢。
「呀哇！」
……亞莉亞忽然就發出快哭出來的聲音了。
「不、不要黏著我啊。血漿這種東西妳已經看真貨看習慣了吧？」
「這、這本來就是為了要像這樣嚇人才黏的血不是嗎！笨蛋！」

亞莉亞火大地用自己的理論反駁之後……踏、踏、踏踏踏踏。

對淩亂的櫃子或是損壞的手術臺連看都不看一眼，快步朝著路線行進。

「喂，亞莉亞，妳走太快了。」

「因為這種東西太浪費時間了啦！來呀，快點走！快點出去！」

總覺得……亞莉亞是在刻意加強憤怒的情緒，想要轉移自己的恐懼心啊。

（……在別的意義上變得有點可怕了呢……）

就在我這樣想的時候，亞莉亞忽然停下了腳步。

我追上去一看，她正在用筆型手電筒探查前方的情況。一臉拚命的樣子。

「有人在。」

「當然會有人啊，像是負責嚇人的工作人員之類的。」

「你走前面啦。」

「知道了知道了。」

於是當我往前踏出一步時——嗶嗶——傳來一陣鈴響後，啪！

紅色的燈光點亮了。

「咿呀！嗚呀！」

亞莉亞原本想要往一旁逃跑，卻又撞到牆壁，回到了我的旁邊。

在搞什麼啊？也太驚慌了吧？

仔細一看，前方放置了一張滑輪擔架，上面擺了一個裝屍袋。

而且那個袋子，是有裝**內容物**的。

「……那、那個、那個、袋子，袋子。有屍體呀。」

「白痴啊。那是有一年級生躲在裡面啦，是要從袋子裡跑出來嚇人的啦。」

「所以是活的囉？」

「死掉了就不可能出來嚇人了吧？啊、喂，不要拔槍啊。那樣真的會變成屍體的啦。」

「要預防萬一呀！」

「預防什麼萬一啦！快把槍給我交出來！」

「不要不要不要不要！要是那個是真的鬼怎麼辦！」

「哪有可能啊！來啦，我在旁邊陪妳就是了，把槍交出來。」

「……嗚、嗚……」

亞莉亞淚眼汪汪地，姑且把槍交給我了。

然後，推著我的背，讓我面對裝屍袋的方向。

喂喂喂，不要把我當盾牌啊。虧妳還是號稱能讓哭泣孩童閉嘴的鬼武偵、雙劍雙槍的亞莉亞呢。

就在我想著這些事情的時候……

「吼哇……」

不出所料。

從裝屍袋中跑出了一個化裝成殭屍的一年級生。

喔喔喔，真是辛苦啦。

「妳看吧。」

我對著躲在我背後的亞莉亞露出苦笑後……

「——咿呀呀呀呀呀呀呀呀呀！」

亞莉亞從我背後看到那個殭屍，兩條馬尾都豎立起來了。

接著，碰！踏踏踏踏踏踏踏踏踏！

把我一把推開，沿著路線往前飛奔而出。

咚！「哇呀——」……喂。

居然被階梯絆倒，還自己大聲尖叫咧。

亞莉亞……妳、妳到底是有多害怕這種鬼怪類的東西啊？

話說，妳不是才在不久之前跟真貨（希爾達）對打過嗎？

無論古今中外，鬼屋的演出效果都存在著共通的模式。

那就是讓人走了一段什麼都沒有發生的路線以卸下心防後，接著突然用聲音或光線嚇人一跳。

而亞莉亞則是對那些機關一一中計，不斷反覆著「什、什、什麼嘛，根本就不可怕嘛，哼哼。」→「咪呀啊啊啊！」的行為。

我們好不容易穿過一樓之後，走到把排列的教室裝飾得像醫院的二樓。

「已、已經快結束了吧？」

「不……應該還有大概三分之一吧？」

「太長了啦！給我想想辦法呀！」

「妳這樣跟我說我也沒辦法啊……」

就在我一邊安撫著嚇得雙馬尾直豎的亞莉亞，一邊準備走進病房區域時……

「這、這個不行。這裡不行。你給我做好護花使者的工作呀！」

……在鬼屋裡做「護花使者」啊？

這可是前所未聞的情景呢。

——因為印在門上的血手印而「！」地睜大紫紅色眼睛的亞莉亞，緊緊抓住我的手臂後，閉緊眼睛，進入「我什麼都看不見」模式了。

（真是拿她沒轍……）

這下我不就只能像隻導盲犬一樣拉著亞莉亞走了嗎？

當我們走進房間內，而趴在桌子上、由一年級生扮演的殭屍護士偷瞄了我們一眼時……

「……？」

從剛剛走過來的走道深處、不是原本行進路線的方向……好像傳來了什麼聲音。

我停下腳步，而亞莉亞也連帶地顫抖了一下。

「什麼？怎麼了？什麼什麼？金次，怎麼了？怎麼了！」

「不，總覺得好像聽到了什麼聲音……聽起來怪怪的，像是有人在哭……」

「為、為為為為為為什麼連你都要背叛我！」

「什麼叫背叛啦……」

「我要你！不准講！可怕的事情！」

妳果然在害怕嘛。

「嗯──聽起來像小孩子的聲音啊。亞莉亞，妳在這邊等我一下。」

因為聽起來不像是預先錄好音的聲音，所以我很在意。

「──等一下！不准丟下我一個人呀！」

「這也沒辦法吧？搞不好是有小孩迷路了啊。」

我丟下亞莉亞回到走廊上後，喀啦喀啦。

大概是有工作人員負責關門吧？結果變成亞莉亞一個人被留在病房內的狀況了。

「咿呀呀呀呀呀！快開門！快開門！快開門呀！芝麻開門！芝麻開門！」

亞莉亞娃娃音全開地大呼小叫，還「碰碰碰」地用力敲著門……

妳啊，就在那間房間裡跟一年級的一起好好做一下「對恐怖**訓練**」吧。

這樣妳就能稍微理解我平常被妳用「訓練」做為藉口又踩又踢又騎的心情啦。

在走廊前方，我看到了一個應該是、不、真的是迷路的孩子。一名六歲左右的女孩子。

「媽媽，不見了。」

她這麼說著，於是我仔細聽她解釋……

似乎是因為走錯了行進的路線，所以跟自己母親走散的樣子。

她那樣子實在很可憐，而且利用低空頭槌撞破病房門爬出來的亞莉亞還一邊大哭一邊對我施加拳打腳踢的暴力行為……

因此我只能無可奈何地中斷訓練，帶著亞莉亞跟小女孩，三個人從逃生口走出鬼屋。

向負責賣票的一年級生解釋來龍去脈後……很快地，小女孩的母親便出現了。

這邊似乎是以為自己的女兒已經走出來的關係，所以一直在鑑識科附近外圍尋找的樣子。

「媽媽——」

小女孩抱住母親後，在母親的催促下很有禮貌地對我們鞠躬……

「大哥哥，大姊姊，謝謝你們！」

「真是太好了呢。不要再跟媽媽走散了喔？」

亞莉亞彎下身體，露出大姊姊般的表情摸著小女孩的頭。

看來在亞莉亞的心中，剛才為止的那副醜態已經被當成從未發生過的樣子了呢。

「嗯。吶吶，大姊姊。」

「什麼事呢？」

「大姊姊很喜歡大哥哥對吧？」

小女孩指著我這麼說道……

於是亞莉亞瞬間僵直了身體。

「為、為為、為什麼這麼說？」

「因為面對喜歡的男孩子，就是會想要捉弄對方不是嗎？」

「咦、我、我那個是……！是因為這個笨蛋金次太過笨蛋金次了，所以才教育性地指導……」

亞莉亞變得驚慌失措，而小女孩則是拍了一下她的肩膀後——

「要加油喔！」

一副很偉大的樣子，留下了這句話。

亞莉亞一臉呆滯地目送小女孩離開後……滿臉通紅，還石化了呢。

姑且不論亞莉亞到底為了小孩子的胡言亂語在思考什麼……不過照這情況看來，她似乎不會再繼續剛才對我的那一連串暴行了。

就這一點上來說真是太ＧＪ了，孩子。

多虧有妳，我才免於變成「停屍間的夥伴們」當中的一員了啊。謝謝妳啦。

那之後，亞莉亞大人便開始抱怨「都是你害我肚子餓了」之類的話。

而因為我也只有稍微試吃了一點東西的關係……

於是我們來到位於車輛科附近、傳聞中賣得很好的章魚燒商店。

「好好吃好好吃的章魚燒喔！來看看、吃看看喔！」

……傳來似曾聽過的一種混雜關西腔發音的標準話聲音。

聲音的來源是設置在停車場上的一間攤販——『女郎章魚燒』。就是這間了。

掀開上面畫著機車車輪在燒胎的奇怪圖案門簾後……（註7）

「啊，遠山金次。」

「妳啊，叫學長名字的時候，後面也加個『學長』吧。」

註7　在日文中，「燒胎」與「章魚燒」都叫做「たこ焼き」。

武藤貴希。

車輛科的一年級生，名字的發音明明就像剎車聲（註8），可是本人卻是個不要命的競速狂——

她抬起那張標緻到讓人無法相信是**武藤的妹妹**的美人臉，往上看向我。

（唯一跟武藤像的地方……大概就只有「身高很高」這一點了吧。）

貴希明明還是高中一年級，身高卻將近一七〇公分。

她還有兼差賽車女郎，聽說在鈴鹿賽道與富士國際賽車場還小有名氣。

「金次，這是什麼？」

而這邊這個絕對沒辦法當上賽車女郎的亞莉亞，則是將臉的上半部分露出來（因為身高上的關係，只能露出半張臉），看向攤販架上的樣子。

「就是章魚燒啊。」

「在煎的不是像圓球一樣的東西嗎？這應該叫做『圓球燒』吧？」

「沒有人那樣叫啦。妳連章魚燒都不知道啊？好啦，交給我就是了。」

組裝著迷你四驅車的武藤（妹）一邊嘀咕著「連圓球燒都不知道呀？受不了，這就是東京人呀……看我輾死你喔？」一邊站起身子。迷你四驅車是她的興趣。

接著飄動她那頭幾乎可以說是金髮的茶色馬尾，挺身而出。

註8　「貴希」的日文發音為Kiki，聽起來就跟日文中形容剎車時的擬音是一樣的。

順道一提，武藤兄妹的口頭禪也都一樣是「看我輾死你」。

「你要買幾個呀？畢竟都帶女人來了，就表現得氣派點怎麼樣？」

該死的貴希……居然對客人——而且還是學長——講話這麼沒大沒小。

武藤你也稍微管教一下妹妹吧？

畢竟你們兄妹倆都是「交通工具宅」，感情很好啊。

「那我買八顆吧。」

「什麼——？」

貴希皺起她端正的眉毛，彎下蠻腰做出眼珠上翻的樣子。

「……那買一打吧。」

「什麼——？看我輾死你喔——？」

接著，她露出不懷好意的笑容，逼上前來。

喂、喂，是個美人就不要把臉靠這麼近啊，這樣的話，是男的都沒辦法抵抗了吧？

再說，萬一我對武藤的妹妹「爆發」的話——我可是會舉槍自盡的啊。

「我、我知道了啦，我買二十顆。快去裝啦！」

「多謝惠顧！真不愧是遠山學長！我就去把你的偉業講給哥哥聽吧！」

貴希送上專業的秋波&飛吻後，拿起叉子熟練地把章魚燒裝進紙盒中。

原來如此……貴希就是靠這招在賺業績的啊？

就命名為「大美人章魚燒店」促銷法吧。真是個擅於買賣的傢伙。

話說回來，這下怎麼辦啊？我一下子買了二十顆，會吃到撐死啊。

走到附近的長凳準備開動時，亞莉亞不知道從哪裡買來了兩瓶沛綠雅（Perrier）。

我偶爾在想……為什麼亞莉亞有時候會想要喝這種單純的碳酸水啊？

雖然她本人的說法是：「這種事在歐洲是吃油炸物的基本常識呀。」可是我對於連果汁都稱不上的碳酸水只有一種怪怪的感覺啊。

不過，就算我們有兩個人，要打敗二十顆章魚燒還是需要水分的。

於是，我一邊打開沛綠雅的瓶子……

「每人目標是十個喔，男女平等。」

一邊這麼說道。而亞莉亞則是瞄著打開的紙盒內部，用鼻子嗅著味道。

順道一提，不知道是不是貴希她老家的做法，調味料已經融在麵糊裡了，所以上面並沒有淋醬汁，而且也沒有撒海苔粉或是柴魚片。

取而代之的是大量的蔥花，另外還有淋上芥末美乃滋。

「那是沒問題啦，不過這到底是什麼食物呀？」

「所以我就說是章魚燒了啊。」

「這・不・是・章・魚・呀！」

一下就生氣了……

「有章魚的切塊包在裡面啦。」

居然還要我說明到這種地步啊？

（這麼說來……亞莉亞到了這個年紀，還不知道棉花糖是什麼東西呢。）

說真的，願意國際通婚的人實在太了不起了。

我從代替牙籤而裝在一起的幾支叉子中拿起一支，

「來，吃吃看啦。事實勝於雄辯啊。」

插起一顆遞向亞莉亞……

啊嗨。

她毫不猶豫地就張嘴吃掉了。

總覺得……這情景好像是在餵貓科動物吃東西一樣呢。

嚼、嚼……

「……哎呀，真好吃。」

太好了。

要是她不滿意的話，剩下的十九顆就就必須要由我獨自解決了啊。

亞莉亞也自己拿起叉子，插了一顆章魚燒想把它勾起來……啪搭。

結果，做得比較軟的「女郎章魚燒」立刻被勾破，又掉回紙盒裡了。

「……我拿不起來。」

「要刺裡面的章魚啦。」

「你白痴嗎？我又不是超能力者，怎麼可能知道章魚在哪裡呀？」

「話是這樣說沒錯啦……要用直覺去刺啊。」

我這麼說完後，亞莉亞又再次嘗試地插了另一顆章魚燒……啪搭，又掉下去了。

……吼吼吼吼吼……

不妙，從亞莉亞的喉嚨深處傳出危險訊號了。

「冷、冷靜下來啊，亞莉亞。妳用兩支叉子好了，像拿筷子一樣。從下面撈起來就不會破掉了。」

「嗚……這樣嗎？啊……啊、啊……可行呢。」

加油……加油啊，章魚燒。

不要破掉啊，要不然我會被遷怒的……！

慢慢地……慢慢地……

「──拿起來了！你看！連蔥花都好端端地在上面呢！」

「很好，很好，做得太好了……！」

居然沒有破掉，真是做得太好啦，女郎章魚燒。

我假裝是對著亞莉亞，其實是對著章魚燒豎起了大拇指。
「那麼，來吧。」
「？」
「雖、啊——」
「……？」
「Say, ah.」
她用標準的發音重新說了一次，我這才搞懂了。
這個，就是英文版的「來，啊——」啊。
……喂。
妳、妳是要我做什麼啦？妳又不是白雪或理子。
亞莉亞也不理會我的害臊，滿面可愛笑容地將章魚燒遞出來。
（……是因為我剛剛餵她吃過的關係嗎？那就是我自作自受了……）
我姑且環顧四周，確認周圍沒有認識的臉孔後——
唰！
從亞莉亞遞出來的叉子上，如疾風般迅速把章魚燒吃進嘴裡。
好吃。確實是很好吃啦……可是對於被亞莉亞耍了一招「來，啊——」的我來說，這章魚燒的味道早已不是重點了。

總覺得……亞莉亞最近真的有點奇怪啊。

「那接下來輪到你囉。」

她這麼一說，結果莫名其妙就變成要互相餵對方吃的規矩了。

亞莉亞的態度就像是在開心玩著遊戲的幼稚園兒童一樣，一口接著一口把我餵給她的章魚燒全吃下去了。

而我則是每次被亞莉亞餵食的時候就要緊張一下，根本就沒有心情去理會肚子飽的感覺……當回過神來的時候，原本大量的章魚燒就被兩個人全吃光了。

「真好吃，值得嘉獎。」

用沛綠雅漱完口的亞莉亞，從裙子的口袋裡拿出一根像口紅一樣的東西。

然後，稍微轉身背對我，開始塗起來了。

我拿起亞莉亞放在長凳上的蓋子一看……上面寫著「Ｄｉｏｒ」。

「妳在塗什麼啊？」

「護唇膏呀。我不塗口紅的，雖然聽說貞德好像會塗的樣子。」

護唇膏？口紅？

首先，我根本就分不清這兩者之間的差別啊。

「妳也……會去買化妝品之類的東西啊？」

小不點武偵身上帶著槍，在彩妝店逛來逛去嗎？

光是想像起來就讓人想笑呢。

「我不會去買。都是派專屬的設計師跟化妝師到這家公司上班，然後直接跟他們訂製的。」

她本人似乎是覺得沒什麼大不了而輕描淡寫地帶過啦……不過還真誇張啊。

果然在這方面就是真正的貴族大人呢。

而且……果然，亞莉亞至少是個女性啊。

她看來還是會注意治裝打扮方面的事情。

「訂製一支要花多少錢啊？」

「聽了會對你的心臟不好喔。」

說著，亞莉亞蓋上護唇膏的蓋子後收回口袋，轉回頭面對我。

她的嘴唇……我被她這麼一說而下意識看了一下，確實看起來有點水潤啊。

原來如此，看來所謂的護唇膏，確實跟口紅是有點不一樣的東西。

我沉默地觀察了一陣子亞莉亞的嘴唇後……

「幹、幹麼啦。我、我可不是因為在期待什麼事情才擦的喔。畢竟剛吃完東西，而且日本的秋天很乾燥，所以我才會擦的。才不是因為抱著什麼奇怪的期待呢！」

亞莉亞環起手臂，用力別開她的臉。

接著很唐突地——

「今……今天，過得愉快嗎？金次。」

稍微偷偷瞄了我一眼……微微暈紅臉頰問道。

「嗯？是啊，畢竟文化祭本來就是辦來娛樂的活動嘛。」

「我不是指那個意思，我是說那個，『跟我在一起』這件事啦。」

……還真是奇怪的問法啊。

不過老實講，說愉快確實是很愉快啦。

因為跟亞莉亞在一起的時候，就和跟男性朋友在一起沒有太大的差別。

雖然偶爾會發生一些讓人怦然心跳的事情，不過她基本上一點都不像個女人，而她那像小孩子一樣的外表也只會讓人有一種帶著妹妹（雖然我沒有）在身旁的氣氛，感覺比較輕鬆。

「——算愉快吧。畢竟跟妳在一起不會覺得累啊。」

雖然會覺得有生命危險。

我把最後一句話吞在肚子裡，將我的感受簡短回答後——亞莉亞她……

……居然露出一臉嬌羞的笑容了。

「我、我也是，過得很愉快呢。除了鬼屋之外。你還滿行的嘛。」

「我是不了解妳到底在誇獎什麼啦……」

「所以今天的事情我就好好褒獎你吧。我想想喔……從今天開始，我就讓你從奴隸升格為僕人吧。」

請妳教教我奴隸跟僕人之間究竟有什麼差別好嗎？

不過……感覺真怪，居然會被亞莉亞誇獎。

因為平常的我是亞莉亞的專用沙包啊，現在這樣反而讓我不舒服到要出蕁麻疹了。

「妳最近……好像跟以前不太一樣了啊。」

因為我實在太害羞了，於是微微別開視線後吐槽了一下。

而亞莉亞則是稍微沉默下來，在裙子上做出按摩手部的動作。

瞥眼一看，她是在摸著自己的左手無名指呢。

「……那當然會不太一樣呀。因為你、那個……戒……」

「？」

「你送奇怪的……你很奇怪嘛。」

亞莉亞鬆弛了臉頰低下頭……

於是，我也只能沉默閉嘴了。

這時，亞莉亞翻起眼珠子瞄了我一下。

「那，金次覺得、哪一個我比較好呢？之前的我，還是現在的我？」

「……哪個都可以啦，妳就是妳吧？」

我這麼回答後，將雙手環在腦袋後面——

兩個人坐在長凳上又繼續沉默了。

因為沒話可講了，於是我眺望著秋日晴朗的天空，享受清爽的微風吹拂……

……叮、咚……叮……咚……

從台場的方向，微微傳來敲鐘的聲音。

那是從日航大飯店的小教堂傳出來的。

原來根據風向，在學園島也是可以聽到的啊？

「喔，結婚典禮啊。」

我不經意地這麼一說後，

「——唔噗！」

亞莉亞不知道是不是喝沛綠雅嗆到的關係，激烈地咳嗽著。

然後，把沛綠雅的瓶子像丟沙包一樣拋來拋去，又不停摸著自己的頭髮。

看起來就是一副冷靜不下來的樣子。

「話說回來，亞莉亞，妳下午有什麼打算？」

「咦、下午嗎？下午、下午我要去看強襲科學弟妹辦的活動。教務科不是有說過『學長姊要對學弟妹舉辦的活動進行確認，如有不周之處則須進行指示』嗎？」

「妳還真是照顧學弟妹啊，那可是非強制性的喔？像我在聽到的時候，就在想說『那種事誰會想做』了啊。妳也別理會了吧？」

「沒、沒關係啦，今天我們到這邊就好。畢竟指南書上也有寫說：『綁得太緊會被討厭』呀。」

亞莉亞說完奇怪的話後，立刻站起身子——將空瓶丟進垃圾桶。

（綁……是說我嗎？）

妳不是前一陣子才把擅自吃掉桃饅的我用繩索五花大綁之後丟進海裡的嗎？而且還是在對我開了好幾槍之後。

「那、那我要走囉，金次。晚上慶功會時再見吧。不來的話就開洞喔。」

亞莉亞嘴上說著危險的話語，不過卻一臉乖小孩的表情轉身離開。要離開的時候，還「啊！」地一聲，整理自己的裙子把槍套藏起來了。

這動作……我也是第一次看到呢。那傢伙居然會對「露底槍」感到害羞啊？

那之後，我跟武藤（兄）會合，加上在美男子選拔會上拿到準優勝的不知火，三個人一起去逛文化祭了。

雖然去年都在工作，不過今年終於可以花一整天的時間享受活動了……像ＣＶＲ的舞蹈秀之類女性氣息較重的東西就只讓武藤跟不知火去參觀，而在那期間，我也可以好好放鬆自己。

應該可以算是最近一陣子都沒有享受過的好日子了吧，如果只說到這邊的話。

就在文化祭圓滿結束後的晚上七點，因為今天沒有舉辦夜間祭典的關係——

——從現在開始就是恐怖的「慶功宴」時間了。

在文化祭的最終日，武偵高中有一種各小隊集合起來圍爐吃「武偵鍋」的習俗。

為了這個活動，晚上會開放體育館，而我們巴斯克維爾小隊也到那裡集合了。

像這種時候，每個人會各自帶食材來參加……

不過這裡卻有一種在小隊內分別負責準備「中獎籤」食材與「處罰籤」食材的習俗。

事前的畫鬼腳抽籤下我是負責中獎籤的部分，所以我買了普通的豬肉交給擔任「鍋奉行」的白雪。（註9）

順道一提，白雪同時也是另一個負責中獎籤食材的人，因此這部分完全不需要擔心。

但是……負責處罰籤的人卻是亞莉亞跟蕾姬。

所謂的處罰籤負責人，在武偵鍋的規則裡就是要將「通常不會加到火鍋裡的食材」交給鍋奉行的人。

（……那兩個人，沒問題嗎……）

註9　「鍋奉行」是指在圍爐吃火鍋時，負責管理火力大小、湯頭增減、食材下鍋順序等等事情的人。

對於「圍爐」這種日本文化不熟悉的亞莉亞，以及過的生活根本沒文化可言的蕾姬。

這兩個強者究竟會想出什麼樣的食材，光是想到這件事就會讓人開始肚子痛了。

另外，如果小隊人數是奇數的話，還會有一個人負責準備『調味料』。而這個人就是理子了。

這一點上來說就算幸運了。畢竟如果讓那個搞笑先鋒負責準備處罰籤食材的話，搞不好會為了好玩而準備瑞典鯡魚罐頭來也不一定。（註10）

（又是「潑水祭」又是「武偵鍋」的……這種惡習到底有誰會開心啊……）

我拖著沉重的步伐走進體育館——裡面已經是一片混亂了。

各小隊已經開始在吃武偵鍋，而坐在涼蓆上的學生周圍有幾個人已經口吐白沫了呢。抱著急救箱的衛生科學生則是到處在為那些犧牲者看診。

真是的，到底為什麼要辦這種活動啊？

「欽欽，這邊這邊——」

以人魚坐姿坐在塑膠墊上，滿面笑容地把我叫了過去。

特別喜歡這種胡鬧活動的理子已經在用筷子敲著鍋子，嘴巴唱著她自己創作的「快煮吧音頭」。

註10　「瑞典鯡魚罐頭」是一種魚類發酵罐頭，號稱是全世界最臭的一種食物。

順道一提，鍋子是用所謂的「武偵鍋專用鍋」。

這是前輩們代代相傳下來的負面遺產，基本上是個土鍋。

不過，它的蓋子卻是像高筒禮帽一樣的形狀。

而在高筒帽上方的部分有一個可開關的小窗……如果只打開這個小窗的話，就可以在看不到內部的情況下撈取火鍋料了。

簡單講就是一種可以在明亮的地方舉行暗黑火鍋的魔法道具。

不只是理子——塑膠墊上還有盤腿坐的亞莉亞、蹲坐的蕾姬、「坐下」姿勢的艾馬基，以及……

「剛剛把火鍋料都放進去了。小金，謝謝你提供的肉。」

只有一個人端正跪坐的鍋奉行白雪，正在調整瓦斯爐的火力。

身上穿著制服加圍裙的白雪空出了自己旁邊的位置，於是我在那邊坐下後——

「鷹——爪——辣——椒——」

突然間，理子發出像是哆啦A夢拿出祕密道具時的聲音，唰啦唰啦！

——居然從鍋上的小窗扔了好幾根紅辣椒進去了！

「咿呀！」「呀！」「……」

亞莉亞與白雪杏眼圓睜，而蕾姬則是沉默不語地繼續看著鍋子。

「妳、妳這傢伙……！妳加什麼東西進去啊！這下不就變成麻辣鍋了嗎！」

我對著準備加入更多辣椒的理子大吼。

「咦——因為理子喜歡吃辣的嘛——鷹——爪——辣——椒——」

她嘟起嘴巴後，唰啦唰啦唰啦。

又給我追加了——

所謂的鷹爪辣椒是一種紅辣椒。

光是丟一支下去就足夠讓整個鍋子變辣的，這傢伙卻給我加了二十支以上，是想殺人啊！

「……小金，規則上是說負責調味料的人加什麼進去都是被允許的。不過，我們要死就死在一起吧。」

白雪拿起撫子花紋路的手帕擦著眼淚，淚濟濟地說道。

「我才懶得管什麼規則！理子……！妳要是敢再丟一根下去我就開槍了！亞莉亞、蕾姬，解開安全裝置！」

身為小隊的隊長，我不能再繼續容忍這個暴行了。

我們一起解禁武裝後，

「唔——那就稍微弄甜一點吧。」

理子從她的小熊背包中拿出一個袋子打開來，「唰————」地倒進鍋裡。

……阿、阿斯巴甜……！

她居然倒了大概五〇〇克進去。

我記得，那是一種號稱甜度是砂糖四倍的強力人工甜味劑。

也就是說，單純計算上就跟加了兩公斤的砂糖是一樣的啊。

（明明現階段還不知道鍋子裡加了什麼火鍋料的說……！）

光是調味料就足以讓人感到不安的火鍋，我還是有生以來第一次遇到啊。

……咕嚕咕嚕咕嚕……

嗚嗚，開始飄出奇怪的味道了。而且這鍋子為什麼會冒出紫色的蒸汽啊？

「嘻嘻嘻，好像很好吃呢。那麼，緊接著就來加個提味用的佐料……」

理子從小側包中拿出了一瓶綠菜汁，於是我趕緊……

「白雪，已經可以了吧？已經煮好了吧？」

用眨眼信號傳達『快點啊』的暗號，催促白雪。

「嗯、嗯，我想應該好了吧？雖然我也搞不懂到底要煮到什麼時候才算好……」

「好。那麼——這次很幸運地，在沒有任何人傷亡下結束了文化祭……」

於是身為小隊隊長的我趕緊開始慶功宴的開場致詞——

「好！那麼亞莉亞，妳吃吃看吧——」

「白、白雪，妳是火鍋幹部妳先吃啦。」

「那個……蕾姬同學，妳吃吃看吧……？」

「應該是理子同學先吃才對。」

而那群女孩子卻完全不理會我的致詞，開始互相推託了。

我的存在……有夠沒意義的……！

「那就由欽欽先上吧！」

「說得也是，這裡應該要隊長帶頭才對！」

「小金，對不起喔，不過、不過，裡面有加普通的火鍋料嘛……！」

「金次同學，請加油。」

這、這群傢伙……！

可是，這種四對一的局面，我也無計可施。而且大家都裝作若無其事地露出自己的武器給我看啊。

——不得已了。

只好上啦……！

「……紛飛落櫻，枝頭殘華亦然，終須凋零……！」（註11）

我留下這句『我要死了，不過你們遲早也是要死啦』的辭世之句後，拿起鍋匙。

端起盤子，用顫抖的手……撈起火鍋料……啪咑……

……桃、桃……

註11　原文為「散る桜、残る桜も、散る桜」，是日本良寛和尚所寫的著名俳句。

……桃饅……？

化為殭屍的桃饅跑出來啦！

亞莉亞！這是妳幹的好事吧……！

或許妳真的很喜歡吃沒有錯，可是妳有沒有想過這溶出來的餡會把味道搞成什麼樣子啊！

妳這小學生難道在小學的時候沒有學過「要考慮大家的情況來行動」嗎？

而且……在桃饅的上面這是……什麼？

上面還蓋著一塊溶解了一半、猜想原本應該是長方體的米色物體呢。

（這、這是什麼……？麵筋、嗎……？）

我將這些東西撈到盤子上後，抱著比強襲伊・U時還要緊張的心情握起筷子。

「……」「……」「……」「……」「……」

包括艾馬基在內，所有的人都把視線集中在我身上。而我夾起那塊像麵筋一樣的

『某種東西』放進嘴巴後……

「嗚……咕……！」

——死蕾姬！

妳這傢伙，居然把**卡洛里美得**放進火鍋……！

而且這還是起司口味的啊！

濃厚的起司香味跟昆布湯頭混雜在一起，變成一種難以形容的怪味了啊。

不過……不幸中的大幸是，紅辣椒的辣味似乎被阿斯巴甜中和掉了。

簡直是奇蹟。火鍋料姑且不論，不過這湯頭並不會致人於死地呢。

我靠著毅力將吸飽湯頭的桃饅吃完後——任務結束。

接著，因為規則上每個人最少都要在暗黑火鍋的階段撈一次火鍋料來吃的關係，於是女孩子們也猜拳排出順序後，依序朝著火鍋演出自殺攻擊。

首先是亞莉亞。

「……嗯……」

她撈出了一堆渾黑色的顆粒。看起來有夠噁。

「蕾姬！這是妳拿來的吧！」

亞莉亞說著就騎到蕾姬身上，於是蕾姬攤牌說，這是在狙擊科的庭院裡為了保養視力而種植的藍莓。難怪會有紫色的蒸汽冒出來啊。

亞莉亞自暴自棄地將那堆顆粒吞進嘴巴後，雙手端起馬克杯用牛奶把嘴裡的東西吞進肚子了。

「嗚嗚……老天保佑老天保佑……嗚嗚……」

嘴裡念念有詞地祈禱的白雪，或許是因為平常做好事的關係而撈到水煮蛋了。

在當場趴下身體喜極而泣的白雪旁邊，理子撈出來的是……

「喔喔——好漂亮——」

蒟蒻絲……而且上面還黏著因為飽和而結晶化的阿斯巴甜，閃閃發光咧。

為什麼會變成這樣啊……我還在感到愕然的時候，理子就把阿斯巴甜蒟蒻絲吃光了，還大叫「好好吃喔——」——太奇怪了吧，不管是那團蒟蒻絲還是妳的味覺。

緊接在理子之後的，是蕾姬。

蕾姬依舊面無表情地上下攪動鍋匙後——咻。

「……！」

撈出連看的人都會不禁倒抽一口氣的大量紅辣椒了。

「……」

蕾姬將它們撈到盤子上後……

啪哩。折開免洗筷——眼神露出光芒——

夾。

嚼、嚼。

她吃掉了。把辣椒吃掉了。

維持她一貫的簡潔動作……

夾。吞……夾。吞。嚼嚼……

一根接著一根，就像是在吃薯條一樣吃掉了啊。

「……妳、妳沒事嗎……？」

忍不住開始擔心的我這麼一問，結果她居然點頭了。

眼神也依舊是呆滯地看著半空中，一點都沒有動搖的跡象。

（……太、太誇張了……）

……全員結束後……

因為已經完成了這個邪惡傳統的最低目標，於是這些惡魔食材都從鍋裡被撈起，分配給工作人員（艾馬基）享用了。

俗話說「什麼人養什麼寵物」，艾馬基很開心地吃著這些讓人匪夷所思的食物。這應該不會被當成虐待動物吧？

──這時，白雪她……

「那、那我要把湯渣撈掉了喔。」

假借這樣的名義將湯頭替換掉了。

利用釧路出產的昆布對鍋底進行再生治療後，終於可以開始享用普通的火鍋料理了。讓人鬆了一口氣。

「白雪，應該還有火鍋料吧？」

「嗯，有小金拿來的豬肉……白菜跟蕪菁、白蘿蔔紅蘿蔔、金針菇跟香菇、蔥跟冬粉……啊，我還有拿米澤牛肉片來喔。」

「好！……太好了。」

「應該不會有問題了。」

我跟亞莉亞就像是在確認武裝一樣下達行動指示後，白雪便開始繼續料理。

就這樣——

巴斯克維爾小隊的圍爐再次重新開動了。可是，這時理子又……

「——那是理子的肉啦！」

嚓！

居然用剪刀手戳我的眼睛，然後把我撈出來的牛肉半空攔截走了。

「痛啊……！是誰放進去的肉都無所謂吧！我還沒有吃到肉啊！」

「從這邊到這邊是理子的陣地！欽欽禁止進入！」

她說著，就用長蔥擅自圍出了一道界線。

而且還自己把那道界線吃掉，讓人搞不懂該怎麼對應。

看到肆無忌憚拚命吃肉的理子，讓我感到著急了。於是我也讓白雪把肉傳給我後丟進火鍋……警戒著四周謹慎地撈起一塊肉，

「吼啊——」

「嗚哇！」

這次換成埋伏在旁邊的艾馬基衝出來把肉搶走了。

這、這傢伙……！

明明平常什麼都吃的，為什麼偏偏要挑這種時候吃我的米澤牛啊！

你這傢伙之前不是連池子裡的淡水龍蝦都吃的嗎！

「還給我！」

「吼吼！」

火大的我扳開艾馬基的嘴巴，展開一場動物等級的爭奪戰。可是我終究贏不過一隻動物，只能被咬了手敗下陣來。

蕾姬妳不要在那邊發呆，管管這傢伙吧！妳不是他的主人嗎！

我心裡這樣想著而轉回頭，結果看到就在我跟艾馬基廝殺的時候——

「果然日本和牛是世界第一呢。」

「……」

亞莉亞跟蕾姬竟然也優先在享用米澤牛了。

雖然舌頭怕燙的亞莉亞是一邊對肉吹著氣一邊吃，所以速度還算慢。可是……

不、不妙，蕾姬發動了她那招「無間斷吃法」了！為什麼要在這種時候發動啊！住手……快住手啊！

「小、小金！還有肉喔！」

白雪將剛煮熟的肉撈起來後，

「那是在理子的陣地養熟的牛！嘻嘻！」

理子迅速伸出筷子，準備搶奪那塊肉。

「不可以這麼沒禮貌！而且我這些肉是為了小金拿來的呀！」

白雪雖然用鍋蓋當盾牌拚命嘗試防禦——

但是理子卻用亞魯・卡達的訣竅雙手持筷，把肉搶走了。

「呀！牛、牛肉！小金的牛肉！」

「呼哇——真好吃！小雪謝謝妳！」

死、死理子……！

終究……米澤牛、全滅了……！

不過……還沒結束。還有豬肉啊。

「給我聽好——這可是我拿來的東西！至少讓我吃一點啊！」

我這時擺出平常不會表現出來的認真態度，拔出ＤＥ（沙漠之鷹）威脅那群人。

對於萬年缺錢的我來說……自從華生請客的那塊牛排之後，我就再也沒吃過像樣的肉類了。

如果不趁這時候吃的話，下次就不知道是什麼時候才能吃到肉啦。

我表現出來的拚命態度讓女孩子們退避三舍後——白雪為了與理子對抗而用蕪菁圍出一塊陣地做為我的租界，幫我下鍋了一些豬肉。

多虧她的幫忙……我終於多少能夠吃到一點肉了。雖然是豬肉。

「太好了，小金可以吃到小金的肉了。」

「不要講得那麼噁心啊……」

「來，請用。」

白雪撈起豬肉，放到盤子上端給我……

「……呼。吃了火鍋，變得有點熱了呢。」

但她卻莫名其妙地在這種時機用另一隻手扇起自己的胸襟。

「……嗚……！」

我接過肉的同時……在白雪的圍裙底下、水手服的胸口部分……

（黑、黑的……嗚……！）

不小心瞄到一眼了。

她居然是穿之前看過的那個分類為「決勝」的內衣啊。

「……！」

感受到一股爆發性血流的我，趕緊抱著裝了肉的盤子轉身背對白雪。

我重新坐好後，似乎從背後隱約傳來「呿！」地一聲像是在咂嘴的聲音。就在這時……

聽到「碰、碰！」兩聲，一雙軍靴被扔到塑膠墊旁邊後——

「唔……？」

我**飄起來了**。

是被某個人像抓貓一樣抓住衣領拎起來的。

用單手把體重六十公斤以上的我扔到一旁後，「嘿咻」一聲坐到空位上的是……

「蘭、蘭豹……老師！」

「——變裝食堂，客人們的評價不錯，收入也比去年還高。你們做得好啊。」

把我的盤子強行奪走的蘭豹，居然擅自拿起免洗筷就開始邊講邊吃了。

（我、我的肉沒了……連一口都沒吃到的說……）

這就是現實……

小母獅、猛牛、山貓、老鷹、銀狼再加上雌豹也來搶食的話，身為無力人類的我根本就難以對抗啊。

話說回來，難道武偵高中是野生王國嗎？

「——另外，蕾姬，妳畫的文化祭海報，在投票比賽中獲得第一名了。有獎狀要給妳，等一下過來教務科拿吧。」

……咦？

就在巴斯克維爾全員視線注目下……蕾姬對蘭豹無言地點了一下頭。

「蕾姬，妳……居然有畫畫啊？」

面對如此詢問的我，蕾姬也是點點頭。

「因為海報投稿數不夠啊，所以就把美術選修學生畫的作品全部拿出來啦。之前有用『夢』當主題畫過噴槍畫，就直接拿來用了。」

「夢、夢嗎……？蕾姬，妳畫了什麼呀？」

就連不太會受到驚嚇的亞莉亞也瞪大了眼睛。

「──我將故鄉自古流傳的『夢魔』畫出來了。」

蕾姬毫無抑揚頓挫地說完後，蘭豹用力摸著她的頭，

「蕾姬畫得超棒的啊！看。」

接著把她用手機照下來的蕾姬作品拿給巴斯克維爾小隊全員看……結果女孩子們全都傻眼了。

被丟出座位的我雖然一開始沒辦法看到，不過後來終於瞄到了蘭豹的手機一眼後……

「喔喔……」

──看到了一幅宛如H・R・（註12）吉格所畫出來的超級寫實畫作。

雖然內容是彷彿用動物跟鳥類的骨頭拼湊在一起、讓人毛骨悚然的作品……不

註12　曾設計電影《異形》外星生物造型的畫家、雕塑家、設計師。

過，真的很強。

跟真實的相片難以區別，甚至會讓人不禁懷疑這種恐怖的東西搞不好真實存在。

「好、好厲害……這真的是妳畫的嗎？」

我這麼一問後，蕾姬又點點頭。

……看來是真的。

在巴斯克維爾小隊中——白雪很擅長畫水墨畫，而理子也會畫一些看起來像美少女漫畫的插圖。

可是，蕾姬所畫的已經是不同次元的東西了。

她的程度根本就已經可以用職業畫家的身分賺錢啦。

狙擊手需要極度精細地操作槍枝、經常需要做精密的調整，而且在等待目標出現的期間需要持續集中精神——因此也常會出現具有繪畫才能的人。

這些話是我聽傳言說的……不過在蕾姬的情況，這是真的啊。

「……」

蕾姬本人雖然好像一點都不在意得獎的事情，一副悠閒的樣子。不過還真是發掘了她意外的才能了呢。

我說妳啊……乾脆不要做狙擊手了，去當畫家怎麼樣？

不，我是很認真的。

那個職業還比較能對社會有所貢獻啊。

——轉職了啦，轉職。

（就跟……我要轉學到一般學校一樣啊）

我心中想著這些事情，並在一旁看著圍成一圈在誇獎蕾姬的亞莉亞她們。

其實我……

打算今天晚上要把從武偵高中轉學到一般學校的轉學申請書提交給教務科。

如果想要在明年四月轉學的話，申請的最後期限就是十月三十日，也就是今晚十二點。

我原本是想說搞不好自己會改變想法，所以一直拖到延長申請期限的最後一天——

不過，終究我的心意還是沒變。

因為若是繼續現在的生活，總有一天會真的面臨毀滅的時候啊。

（所以說——大約再半年。半年過後，我就會像現在這樣……遠離大家的圈子了。到時候就真的……）

心中想著這些事，從大家的圈子外看著夥伴們……我回想起至今為止的半年間——

就像現在蕾姬的事情一樣，我覺得我看到了大家很多新的一面。

有時是在戰鬥中，有時是像這樣的日常生活中。

發覺這些新的一面的，不是只有巴斯克維爾小隊的夥伴而已。

貞德與華生，還有——我自己也是。

（姑且不論互打互砍的事情，武偵高中的生活……其實也過得不差嘛。）

雖然因為我不擅長跟女性交際，所以也飽受很多苦勞……不過多虧像這樣長時間相處的關係，現在我覺得我與大家是真正的夥伴了。

就算能夠待在這裡的時間只剩半年，但是在離開之前——我想巴斯克維爾小隊應該會是我很好的容身之地吧。包括那些願意協助我們的同伴們在內。

——所以說，守護它吧。

在我身為武偵的最後半年，全力守護吧。

包括眼前這個自己的容身之地，以及這些同伴們。

（畢竟我姑且也算是巴斯克維爾小隊的隊長啊。）

思考著這些事情，我靜靜地眺望著談笑的亞莉亞、白雪、理子與蕾姬。

Go For The Next! G的血族

十月三十一日深夜，我順利將轉學申請書提交給教務科後……迎接了隔天的週日。

因為文化祭的善後工作是由一年級生負責，於是我利用情報科的電腦室物色民間的委託案件度過了這一天的時間。

為的是解決當前的問題，也就是我自身經濟上的困難。

我至少要盡快籌到經費支付「大蛇」的左手費用給平賀同學才行。

雖然心中是這麼打算……但是無論我怎麼找都找不到好工作。

能夠短期內獲得高報酬的工作，每一件都充滿了危險性。

雖然當中有一件委託是只要擔任保鑣就可以獲得高額收入……但是我不想接。這工作內容可是要負責保護某個大企業的千金大小姐。再讓我認識更多的大小姐我哪受得了？

像這樣挑剔著眼前的工作，結果到了傍晚都還是沒有成果……

一整天都沒有和任何人說到話，最後到了晚上，才終於在教務科的委託板上找到了理想的案件。

就在我拿著印刷了詳細委託內容的粗草紙回到男生宿舍時——

「……？」

看到走廊上沾著一點一點的血跡。

雖然這種事情在武偵高中並不稀奇，但是，那些血跡卻是一**路延伸到我房間的方向**。

我抱著不安的心情趕緊奔向房間門前——

「……！」

竟然看到銀狼艾馬基趴在我房間的門口。

「發生什麼事了……！」

牠全身嚴重負傷，銀色的毛上沾滿了鮮血。

我慌張地在牠身旁單腳跪下後，艾馬基顫抖地將啣在口中的手機遞出來給我。

那雙眼神，就像是在把某件重要的事情託付給可以信賴的對象一樣。

我看了一下——那是蕾姬的手機。黃綠色的防水手機上沾滿了血。

雖然這是別人的手機，但是現在的情況下我也只能打開來看看了——

「……！」

一開始我還搞不清楚狀況，因為手機維持在剛照完照片的狀態。

畫面底下有一個顯示著『是否進行儲存？』的視窗——

而上頭顯示的照片是——

（……這、這到底、是什麼……！）

白銀與漆黑的Government。

拔出刀鞘的日本刀——色金殺女。

銀白色的德林吉掌心雷。

還有——德拉古諾夫狙擊槍。

亞莉亞、白雪、理子與蕾姬的武器被隨意地堆放在地上……！

正當我因為這張照片而感到驚愕時，

——嗶嗶嗶嗶嗶嗶——

蕾姬的手機響起了鈴聲。

畫面被切換成『未知號碼　視訊電話來電』的視窗。

於是我用顫抖的手指按下通話按鈕——

『——終於接起來啦?還真慢啊。』

伴隨著低沉的聲音，畫面上顯示出一個男性的臉。

一張宛如某處的原住民般畫了戰鬥妝的臉。

（……這傢伙是……！）

我見過他。

就是上個月在空地島上出席宣戰會議的——那個被稱作「GⅢ（G-third）」的人物。

當場辱罵所有大使、囂張地要大家帶強者過來的……那個最好戰的男人。

——視訊畫面忽然搖動了。

「喂、喂！」

我以為通話要被掛斷而大叫一聲後——

『Ⅳ（fourth），妳看看，這傢伙就是遠山金次啦。』

GⅢ的聲音從畫面外傳來，而畫面上則顯示出應該是接過手機的人物。

「……？」

看到那張臉——

我不禁倒抽了一口氣。

那是一個眼神銳利的美少女。年紀比我還小，紅色的墨鏡上裝了像護目面罩般的HUD（Head Up Display，抬頭顯示器），兩耳上戴著往後延伸、像感應裝置一樣的機器。

略顯纖細的身體上有一部分穿著消光黑的保護裝甲，上面到處收納著帶有現代感的戰術刀，而且背後與腰部似乎也帶著幾把刀劍。

不過，真正讓我感到驚訝的不是這些充滿機械性、攻擊性的裝備。

而是我明明跟她是初次見面——

卻有一種我**認識**這個女孩子的感覺。

認識……並不是指知識上，而是我的血液認識她。就是那樣的感覺。

很相近——這女孩子跟我，**很相近**。

這種難以言喻的感覺充斥我的全身上下。明明就只是看了她一眼而已。

搞什麼……這傢伙、是誰……！

『——哇！哇！我喜歡。比照片或影片上看起來還要棒！』

開心地接近畫面的少女搖曳著她鮮豔的栗色妹妹頭，發出異常興奮的聲音。

「你、你們——到底是誰！」

我對著蕾姬的手機大吼——

『我是GⅣ——我們都是用產品編號在稱呼的，沒有名字喔。』

少女瞇起漆黑的眼睛回答道。

GⅣ……？

「剛才的照片是什麼……！你們對亞莉亞她們做了什麼！」

『——因為我不知道哪一個才是哥哥的女朋友，所以就全部打倒啦。』

……？

哥、哥哥……？

在講誰啊？

『凡是接近哥哥的女性——我要全部殺掉。如果還有其他女生的話，我也要全部殺掉。哥哥從今以後，只要用我進入ＨＳＳ就可以了喔——哇！我講出來了呢。好悖德喔……！光是講出口就快要爆發了呢……！受不了、這受不了呀！』

聽著少女「呀哈哈！」地抬起臉大笑——我腦袋變得一片空白了。

搞什麼、搞什麼、這在搞什麼？

妳到底在說什麼啊？

從她說話的上下文來判斷，看來這傢伙似乎叫我『哥哥』的樣子。

可是——

我根本就沒有妹妹啊。

我們遠山兄弟，就只有大哥跟我……兩個人而已啊！

「你們這群人……到底是誰……！」

光是說出這句話就耗盡我的力氣了。

畫面再度移動，GⅢ再次出現——看著我，咂了一下舌頭。

『看幾次我都不相信。這就是幹掉夏洛克的傢伙？』

「——喂！你們……是伊．U的殘黨？回答我！你們是誰！」

『閉嘴。過來。跟我打。』

GⅢ只回答了這三句後——

轉動視訊電話的鏡頭方向。

在那個看起來像是劇場的地方，畫面上映出無人的座位，還有剛才在跟我說話的那個叫GⅣ的少女對著我送秋波——

接著映在畫面上的，是燈光照耀下的舞臺……

而在那上面的是……！

「…………！」

跟我一起去逛文化祭，玩得非常興奮的——亞莉亞。

在武偵鍋的活動中，努力扮演鍋奉行的——白雪。

跟希爾達的戰鬥中保住性命，好不容易獲得自由的——理子。

被發掘意外的繪畫才能，受到教務科表揚的——蕾姬。

巴斯克維爾小隊的四個人，全身沾滿鮮血——

動也不動地倒在地上，就跟剛才看到的武器一樣被堆疊在一起了！

Go For The Next!!!

後記

大家好！讓各位久等了！

終於從四月開始，要播放《緋彈的亞莉亞》動畫版了喔！

現在就立刻拿起手機，在行事曆上設定鬧鈴吧！

——遵守武偵憲章第五條：行動快速啊！

播放電視臺是ＴＢＳ、ＭＢＳ、ＣＢＣ以及ＢＳ——ＴＢＳ，負責製作的工作室是實績優異而值得信賴的 J.C. STAFF。可以稱得上是Ｓ級武偵們的大作戰呢。

赤松我幾乎每一次的劇情會議都有參加，並且用力宣傳亞莉亞他們的魅力了喔！而且不只是粉絲來信，就連各位經由文庫本卷末的ＱＲ條碼所送來的熱烈訊息我也都全力傳達上去了！

除了動畫版之外，「亞莉亞世界」也在其他領域充滿活力地擴展中喔。

扮演武偵高中學生的遊戲『大戰鬥！偵探學園～緋彈的亞莉亞～』可以透過手機來遊玩。就像手槍一樣拔出你的手機，現在立刻就參戰吧！

在 Flying DOG 的首頁上，則是有亞莉亞與白雪的配音員們主持的網路電臺在播送。這邊也是只要各位登入網頁就立刻可以收聽的喔。

能夠即刻享受服務，正是網路最方便的地方呢。能活在現代真是太好了！

另外，自古以來就具有歷史的「紙媒體」上，也因為亞莉亞而顯得很熱鬧呢。

由我負責原作的《緋彈的亞莉亞ＡＡ》第一集也由YOUNG GUN GUN漫畫誌出版了。這邊將會由亞莉亞他們與學妹們共同演出女孩之間友情與勝負的故事。將會克制超能力，以大量現實武器描述的方式呈現喔！

在月刊Comic alive上除了漫畫版《緋彈的亞莉亞》之外，還有四格漫畫《緋彈的小亞莉亞》也在連載中。這邊是變得更加嬌小可愛的亞莉亞她們在悠哉安靜的日常生活（？）中開心愉快地滾來滾去喔。

以上這些消息都收集在這篇後記之後的宣傳頁中。

不管是哪一款作品，都是多虧購買本書的你才得以實現的。而這股氣勢將繼續延燒。只要有各位讀者的支持，亞莉亞將會不斷、不斷地往下一步邁進。

Next、Next——那麼，這次就用那句話來跟各位說再見吧。

——Go For The NEXT!!!——

二〇一一年三月吉日　赤松中學

■這次的封面是從第一集以來好久沒上封面的亞莉亞，因此我畫得非常努力！
拿刀的版本雖然有在漫畫版中出現過，
可是我還是第一次畫呢。
雖然畫起來的手感與過去感覺有些不同，
不過我畫得很開心。

下次就要邁入第10集了！
因為這次的結尾也是讓人會「咦咦！」的展開
所以下一集讓人非常期待呢。

恭喜第9集
發售&TV
動畫版上映
一想到終於可以在客廳
拜見到狂騷
雙馬尾的風采，
就雀躍不已啊
漫畫版
也請多指教！
9
集
總天然色
2011 02

恭喜文庫版
第9集發售
&
TV動畫
版開播
『緋彈的小亞莉亞』也請多指教
緋彈的小亞莉亞

浮文字

緋彈的亞莉亞 (9) 蒼藍閃光

（原名：緋弾のアリアⅨ 蒼き閃光（スパーク・アウト））

作者／赤松中學　封面插畫／こぶいち　譯者／陳梵帆
發行人／黃鎮隆　協理／陳君平
總編輯／洪琇菁　國際版權／林孟璇
執行編輯／呂尚燁　美術編輯／李政儀
企劃宣傳／邱小祐
出版／城邦文化事業股份有限公司 尖端出版
台北市中山區民生東路二段一四一號十樓
電話：（〇二）二五〇〇七六〇〇　傳真：（〇二）二五〇〇二六八三
E-mail：7novels@mail2.spp.com.tw
發行／英屬蓋曼群島商家庭傳媒股份有限公司城邦分公司
尖端出版 行銷業務部
台北市中山區民生東路二段一四一號十樓
電話：（〇二）二五〇〇—七六〇〇（代表號）
傳真：（〇二）二五〇〇—一九七九
讀者服務信箱：sandy@spp.com.tw
北部經銷／祥友圖書有限公司
電話：（〇二）八五一二—三八五一
傳真：（〇二）八五一二—四二五五
中部經銷／高見文化行銷股份有限公司
電話：〇八〇〇—〇五五—三六五
傳真：（〇二）二六六八—六二二〇
雲嘉經銷／智豐圖書股份有限公司　嘉義公司
電話：（〇五）二三三—三八五二
傳真：（〇五）二三三—三八六三
南部經銷／智豐圖書股份有限公司　高雄公司
電話：（〇七）三七三—〇〇七九
傳真：（〇七）三七三—〇〇八七
一代匯集／香港九龍旺角塘尾道六十四號龍駒企業大廈十樓B&D室
電話：（八五二）二七八三—八一〇二
傳真：（八五二）二七八二—一五二九
法律顧問／通律機構
台北市重慶南路二段五十九號十一樓
二〇一二年一月一版一刷
二〇一四年四月一版六刷

■中文版■

郵購注意事項：
1. 填妥劃撥單資料：帳號：50003021戶名：英屬蓋曼群島商家庭傳媒(股)公司城邦分公司。2. 通信欄內註明訂購書名與冊數。3. 劃撥金額低於500元，請加附掛號郵資50元。如劃撥日起 10～14日，仍未收到書時，請洽劃撥組。劃撥專線TEL：(03) 312-4212 ・ FAX：(03) 322-4621。E-mail：marketing@spp.com.tw

國家圖書館出版品預行編目資料

緋彈的亞莉亞 / 赤松中學 著 ； 林信帆 譯.--1版.
--臺北市：尖端出版, 2009.10
面 ; 公分.--(浮文字)
譯自:**緋弾のアリア**
ISBN 978-957-10-4711-9(第9冊：平裝)

861.57　　98014545